藤原書店

詩魂　もくじ

I　思春期の少年にようやく出会えた　――第一日目　9

II　何のための文学か？——第二日目

53

III 海の彼方へのあこがれ——第三日目

装丁・作間順子
写真・市毛　實

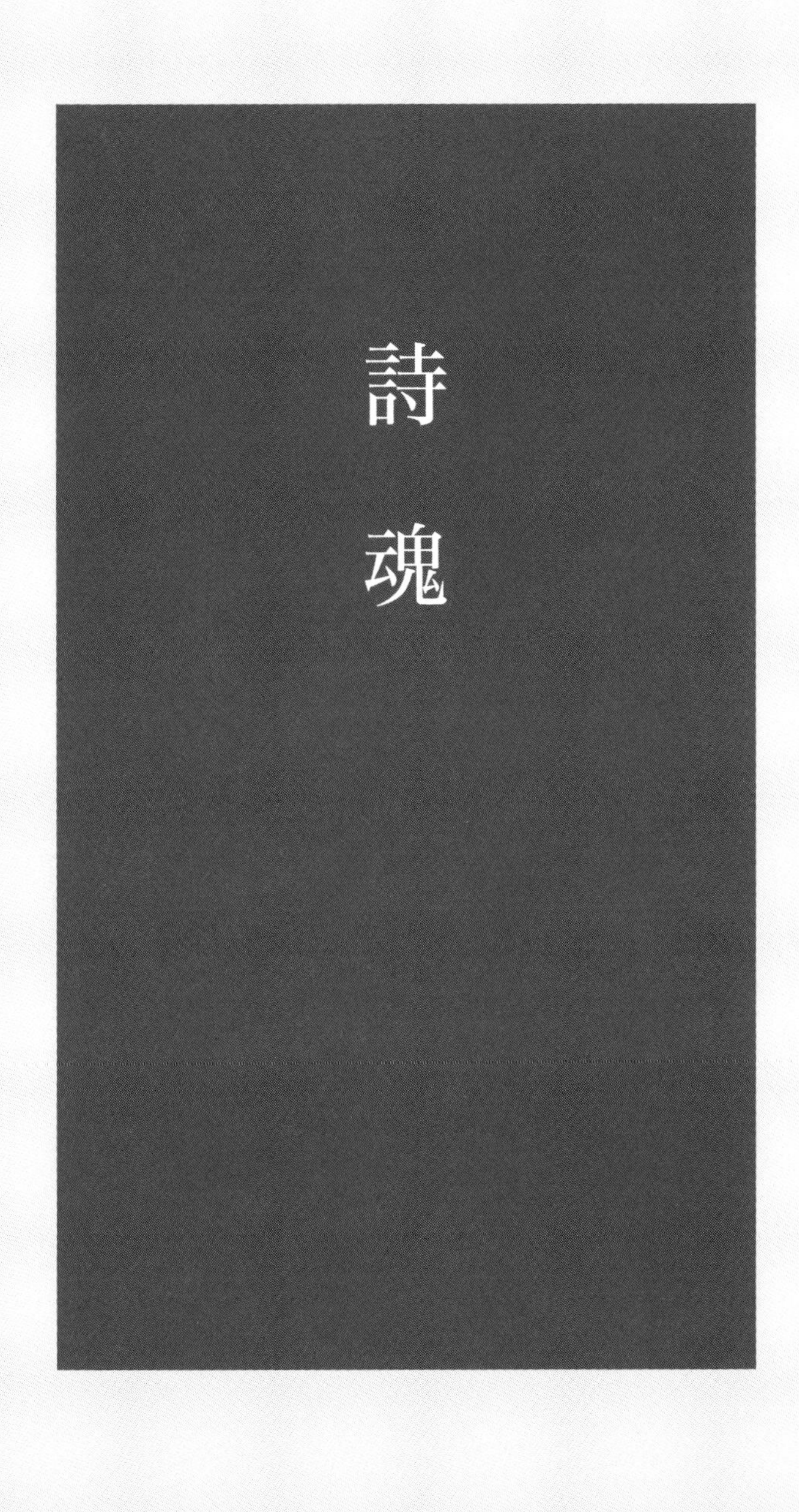
詩魂

Ⅰ　思春期の少年にようやく出会えた——第一日目

小さい時にお目にかかっていたら……

熊本に来る時の飛行機の中で、高銀さんに、二〇〇二年暮れに亡くなったイバン・イリイチさんのお話をしましたら、大好きな人だと言われるんです。だから、どこかで会われたのかと思いましたら、そうではなく、『環』や小社の本を日本語で読まれていて、ぜひ一度、会いたかったと思われたそうです。八六年にイリイチさんの最後の来日の際には、石牟礼さんと対談していただきました。魂が触れあうような本当に素晴しい対談でした。何か縁のようなものを感じます。今日のお話も楽しみにしています。（聞き手・藤原良雄）

石牟礼　お写真を拝見したり、お話しになっていることを読ませていただきました。高（コ）銀（ウン）さんと小さい時にお目にかかっていたら、さぞよかったろうと思います。大変な人生をたどってこられたということを最近知りました。いまも耳はご不自由でいらっしゃいますか。手術なさったとうかがっています。

高　両方とも手術をして人工鼓膜をつけていますが、左の方は神経がないので聴覚が全くありません。右はなんとか聞くことができます。片方ですけれども、鳥のさえずりも聞こえますので、まだ幸せです（笑）。

石牟礼　私も、水俣の患者さんと東京のチッソ本社前で、一年七カ月間、座りこみをしている最中に目が悪くなりました。けれども、患者さんたちはもっとひどい状態ですから、目の片方ぐらいいいや、と思ってほったらかしていましたら、見えなくなってしまいました。今年〔二〇〇五年〕、三十何年かぶりに手術をいたしましたが、なかなか回復いたしません。本当は、今日、眼鏡を作り替えてお目にかかりたかったんです。けれども、目の方がまだ眼鏡をかけられる状態にありません。いま作っても、何度も作り直さなければならないというので、眼鏡は間に合いませんでした。

すでに自分の目ではないんです。人工の水晶体を入れてありますが、やはりあまり馴染みません。障子の桟が見えなかったのが見えるようにはなったんですが、活字は見えません。右の方も焦点がちょっと合わない。三、四行、重なって浮き上がって見えます。移動しながら浮き上がってきますから、とても見にくいんです。

いえ、実は見える瞬間もあるんです。しばらく見ていると重なって浮き上がってくることがあります。そうやって見える瞬間を待ちながら目をパチパチしたり、遠くを見たりして読んでいます。

高 そうやって焦点が合わないというのは、ちょっと特別な体験でしょうね。

石牟礼 お医者さまがそうおっしゃいます。ふつうの目と違うから焦らないで下さい、と。

高 昔は、普通に聞こえていたので、こういう仕草はなかったんですが、聞こえるのが片方だけになってしまうと、どうしても知らないうちに相手にどんどん近づいていきます。そういう動作が増えてきました。嫌でも愛さなくてはならないように(笑)。

石牟礼 言葉が分かり合えない国の方とお話しする時は、目と目で話す、あるいは手足も使って話す、ということがありますから、そういう意味では私もまだ大丈夫でございます（笑）。

同じ日本語で話す方がよほど難しい、ということがあります。私は東京にお住まいの学者さんたちに時々お目にかかってお話しすることがあります。同じ日本語を使っていて、話している時は分かったつもりでいるんですが、あとから考えると、どうも違うことを頭に置きながら話していたな、と思うことがしばしばございます。

戦時下の私にとっての「朝鮮」

石牟礼　私は、戦争の時に十六歳で学校の教員になりました。十六歳というのは、まだ子供です。今の高校生ぐらいです。教員になる資格はなかったんですが、どの学校でも教員室から男の先生がいなくなりました。つまり、兵隊にとられて、韓国の方々に大変なご迷惑をかけていたんですけれども、校長先生や教頭先生など、男の先生は歳をとった教師だけになってしまったので、十六歳のピヨピヨの私のようなのが教師をしたんです。

それで、村の人たちと新しく入った先生方が集まって懇親会がありました。そこで六十近かった教頭先生が、縫い物をする時のものさしを背広の肩に入れて日本の裃のようにして、宴会を盛り立てるために、余興と言いますか、出し物として『朝鮮桃太郎』をやります」と始めたんです。朝鮮の方々は、日本語の濁点を発音するのが苦手でいらっしゃいます。例えば「バビブベボ」を「パピプペポ」とおっしゃいます。それで、その教頭先生が「むかしむかし、あるところに、おちいさんとおぱあさんかおりました」と濁点を抜いて、『桃太郎』の話に動作をつけて、演じたんですが、そこに来ている村の名士や先生方が、手を叩いて、はしゃいで喜ぶんです。

決してインテリの家ではなかったですが、そういうことは考えられない家で私は育ちました。ですから私は非常にショックを受けて、校長先生に、「いま教頭先生がやられたような、『朝鮮桃太郎』というようなことは、教室でも子供たちに教えていいのでしょうか」

と質問をしたんです。そうしたら「冗談じゃない。今のは余興だからいいけれど、教室でするなんてとんでもない」。そして「今のようなことを、あんたは他の人に言うてはならんよ」と言われたんです。

先生になりたてで、本当にショックを受けました。これが私の思想の第一歩と言いますか、「人間とは何か」、「村とは何か」、「町とは何か」、「国とは何か」、そして、戦争の最中でしたから、「戦争とは何か」ということを考えはじめました。

高　まだ十六歳で、そこまで考えられたのは、とてもめずらしいですね。

石牟礼　とにかくショックでした。私を育てた父と母は、そんなことは許さない親でした。貧乏で無学な親でしたけれども、そういうことにはとても厳しい親でした。

それで「人間とは何だろう」と思ったんです。「日本は東洋の盟主であり、指導者である。そういう指導者になるような子供を育てなければならない」というのが文部省の方針で、教室では、「この戦は、そういう指導者になるための戦だ」と教えなければならない。

それに非常に苦しんで、昨日のことのように思い出します。

まずこういう教育に疑いをもちました。こんな教育をしていて何が東洋の指導者だろうか、そして人間とは何だろうか、と。その後、水俣病に出会うんですが、この頃から「人間とは何か」ということを考え始めておりました。韓国の方にお目にかかって、こんなことをお話しするのは初めてです。

私が戦争中に見たのは、日本人の醜い姿です。終戦前後になると、物資が極端に欠乏しましたから、食べる物も着る物もなくなります。そういう時に見える日本人が非常に醜かった。水俣病のこともそうですけれども、そういう醜い姿をずっと見てきて、これで何が東洋の指導者だろうか、と思いました。こんなに醜くてどうして人類の指導者などになれるのか、と。しかし、今のアメリカを見ても、日本人だけでなく、人間というのは、普遍的にこんなにもあさましくなれるようですね。

「人間とは何か」がずっと私のテーマでした。人間は、極限状態ではどんなに悪いことでもしますし、そういうあさましい姿をたくさん見てきました。だからこそ美しい人間に憧れます。これが今も変わらない私の文学のテーマです。

植民地下の私にとっての「日本」

高　植民地時代には韓国は日本人の支配下にありましたが、最も徹底していたものの一つが師範学校でした。韓国には、日本の「県」にあたるものとして「道（ド）」がありますが、それぞれの道（ド）に一つずつ師範学校を設けて、そこで徹底した植民地教育を施して、そこから人材を各学校に送り出していました。

　そうした師範学校で徹底的な植民地教育を受けた一人が、朴正熙（パクチョンヒ）大統領です。一九六一年に、五・一六軍事クーデターを起こした人です。*

*編集部注——当時少将だった朴正熙などが、「軍事革命委員会」の名の下に起こした軍事クー

デター。これにより、軍事政権が成立し、反共体制が強化された。朴正熙は、一九七九年一〇月二六日に暗殺されるまで実権を握った。

朴正熙(パクチョンヒ)は、韓国内の国民学校の教員をしていたんですが、満洲に渡って、満洲国首都・新京の陸軍軍官学校に入学しました。優秀な成績だったため、とくに選ばれて日本の陸軍士官学校に入りました。こういう経歴から、岸信介などの満洲人脈を形成し、これが解放後のいびつな「韓日の癒着」と「日韓国交回復」につながっていきます。

石牟礼　高銀先生は、その師範学校にお入りになれなかった過去がおありですね。日本人の校長を排斥して……(笑)。

高　みんなから不良少年と言われていました。合格はしたんですが、行いが……(笑)。一九四五年八月一五日が解放の日ですけれども、その直後に新しく赴任してきた校長先生が、日本人と親しいということがありました。今から考えると、その時、私は何も分かっていなかったのですが、その校長に反抗する学生側のリーダーになったんです。それがきっかけで、その校長は解任されるのですが、彼は教育界から身を退いた後、ビジネスを起こして、大金持ちになったそうです。ぼくらのお陰でお金持ちが誕生した、というわけです。

そういうことがあり、私はブラックリストに載り、試験には合格したのに、お前みたいなのが教師になっては困るということで師範学校には行けませんでした。今振り返ってみれば、誰にも教えてもらえない、というのが私の運命だったのかもしれません。

石牟礼　「『朝鮮桃太郎』のことを教室で言っていいのですか」と尋ねた私は、「そんなことを言ったら、あなたは国賊ですよ。国に叛く国賊だ」と言われました。その後、私はものが言えなくなりました。考えていることを言ったら国賊だと言われたからです。

まだ思春期ですから、思っていることを誰かに言いたい、自分の考えていることを同じ思春期の少年に話してみたい、と願っていました。先ほど、小さい時にお目にかかってみたかったと申しましたのも、その時に言えなかったことを言える相手として探し求めていた少年に、今ようやくお目にかかれたように思ったからです。失われた思春期の少年に。

国賊だと言われていた私が、不良少年だったという高銀先生の少年時代にお目にかかっていたら、もっとよかったなと……。ただ今、やっとお目にかかれました。

高　熊本というところは、なんとなく馴染みがあると言いますか、親しみが湧いてきます。というのも、植民地時代には、私の生まれ故郷に、熊本や宮崎の人が来て農場を開き、「熊本農場」とか「宮崎農場」と呼んでいたからです。そういう名前は、幼少時代から耳にしていました。

小学校一年の時のナカムラヨネ先生も、三年の時のモリヒデコ先生も九州出身でした。アベットムという校長先生も九州の方でした。その校長先生が、三年生の時、生徒たちに将来何になりたいかという質問をしました。みんな一所懸命考えて、「看護婦さんになって軍人を手助けしたい」とか、男の子は、その時、山本五十六がフィリピンで亡くなった時期だったので、「そういう偉い人になってがんばりたい」という話をしました。

私は、山本五十六よりも偉い人は誰だろうと考えて、思いついたのが天皇でした（笑）。

それで「日本の天皇になります」と言ったら、「万世一系を冒瀆した」ということで退学を命じられてしまいました。

それで家にいると両親が心配して、学校と話をしてくれて無期停学になったのですが、学校に行かずに半年間重労働をさせられて、それから学校に復帰しました。

そういうことが起きるまでは、先生方からは愛してもらいました。一年の時のナカムラヨネ先生は、「桃太郎」の劇をする時にお猿さんの役をさせてくれました。三年の時のモリヒデコ先生は、女性でしたが、よくお相撲ごっこをしてくれました。一回負けた時には、その先生に、「ムッソリーニのように負けたんだ、そんな弱虫になっちゃいけない、絶対に勝てるようになりなさい」と励ましてくれました。

当時の先生方の行方がとても気になります。故郷に戻って小学校の記録を調べてみたのですが、何も残っていませんでした。生きておられるのか、子孫はいらっしゃるのか……。今でも、どこかでお会いできたら、と思っています。

石牟礼　私も「国賊」と言われた時、受け持ちの生徒に韓国の女の子がいました。四年生で、吉昌（よしまさ）という苗字で、目の力が涼しいというか、まっすぐな目の光をもった女の子だったんです。

その頃、朝鮮の人たちは、特定の部落をつくり、そこで密造酒もつくっておられて、生活ぶりは、日本人よりも上手でした。家庭訪問に行きましたら、当時、お砂糖はとても貴重なものだったのですが、日本人は持っていなかった。つぶつぶの黄色いお砂糖(黄ザラメ)をお湯のみに入れてくれて、どぶどぶとお湯を注いで、ご馳走してくださいました。先生たちは信用できないけれども、吉昌さんは、私にとっては唯一の同志という感じでした。

しかし、その吉昌さんも、終戦前に帰ってしまったんです。どこへ帰っていったのかは分かりません。おそらく出身は北朝鮮だったと思うんですが、生きていたら会いたいです。歳は四つぐらいしか違いませんでした。「生徒」とか「友だち」という言葉では言い表せないような、先ほど、目と目で話すと言いましたが、まさにその子とは何も言わなくてお互いに目で心の底が分かり合えるような、そういう関係でした。非常に頭のいい子で、気迫のある子でした。当時、あんな気迫のある子供はいなかったんです。私の心の支えでした。どこでどうしているか、どういう大人になったのだろうか、とよく考えます。

高　未来だけが道なのではなく、過去も道なんです。

チッソと朝鮮半島

石牟礼　私にとっては、失われた思春期の向こう側に韓国があるわけです。ずっとそれを思いつづけてきました。ですから今日、こうしてお目にかかれたのも、必然性を感じます。

高　真実であるものとか、魅惑というものは、つねに遅れてやってきます。

石牟礼　水俣病の元凶であるチッソが、創業期に起こした工場は、鴨緑江（現在の中華人民共和国と朝鮮民主主義人民共和国との国境となっている河川）の上流の方にあったようなんです。

日本の植民地時代に、朝鮮半島北部の川辺に発電所がつくられました。チッソは、それが元になっています。

高 水俣病に関しては詳しく分かりませんが、非常に大事なお話のようなので、帰ってから調べてみるつもりです。

石牟礼 工場を建てる時に、日本の警察官が立ち会って、嫌だと言えないようにして、朝鮮の人たちから土地を取り上げたそうです。このことは『苦海浄土』の中にちらりと書きました。鴨緑江の上流に、チッソはまず発電所をつくって、その電力を利用して、その後、肥料工場をつくりました。水俣でもチッソはまず発電所をつくっています。

高 北朝鮮の興南（フムナン）〔現・北朝鮮咸鏡南道咸興市〕というところに肥料の工場があったはずです。おそらく、そこのことですね。*

*編集部注――一九二七年、朝鮮窒素肥料株式会社と朝鮮水力電気株式会社が設立され、興南（フムナン）など朝鮮半島各地に大規模化学コンビナート、ダム、水力発電所が建設された。とくに興南

工場建設においては強引な用地買収が実施された。

石牟礼　『苦海浄土』を書いた時、本当は、そこへ行って調べたかったんですが、資金がなく、訪ねないままに、記憶に残っています。

精霊の存在、祈る人

石牟礼　私の思春期は、戦争によって失われました。ですから、今日、こうして思春期に探し求めていた方にやっとめぐり会えたようで、感慨深いです。

私たちの若い頃は、今とは違います。思春期には、はしたないことだと、男の人とは目も合わせないし、あまりものも言えない。しかも「あなたの考えは国賊だ、非国民だ」と言われましたから、それだけに話ができる相手を探し求めていました。こちらが少しだけ年上ですが、同世代の方、同じ頃に思春期を過ごされた方と、こうしてお目にかかれたのは、本当にありがたいです。

■これが、その思春期の頃の石牟礼さん、十六歳の時の写真です（二九頁）。

高　写真の中に精霊が入ってるというか、精霊が写っていますね。韓国ではエネルギーのことを「気」といいます。気が感じられます。これは過去ではなく現在です。

石牟礼　東京に行って、東京の文化人たちに精霊の話などいたしますと、今どき、精霊を信じるなんて信じられない、と言われます。インテリたちは、「精霊」などと私が口にすると、「時代遅れだ」と言います。

高　むしろそういう人たちの方が、古いというか、もう駄目ですね……。

石牟礼　私は、どう表現すれば伝わるかと思います。自分たちのことを合理的だと思いこんでいるんです。

高　その合理というもの自体が古いです。

石牟礼　私もそう思います。物事を百科事典の中から憶えてくる。

高　合理というものがどれだけ古いものであるか、そういう人たちも自ら気づく日がきっと来るでしょう。

石牟礼　気づいてくだされればいいんですが。

高銀先生の詩の中に、「田植えをした稲の苗たちが隣り同士でそよそよしてる」という描写があって、大変うれしかったです。詩の中に、そういう描写が随所に出てきますね。

『高銀詩集　祖国の星』（金学鉉訳、新幹社、一九八九年）に収められている「田植えのあと」ですね。素晴しい詩集ですが、八〇年代半ばに出たものです。その後も高銀先生はたくさん書かれていますから、その頃のものだけでなく、新しいものも、もっと日本に紹介していかなければなりません。

石牟礼　百何十冊もの御本があって、ご自分でも冊数を憶えていらっしゃらないそうですね。ほうーと思いました（笑）。

先生のお言葉の一つ一つには、それこそ精霊が入ってて、すべて詩になるわけですね。私の方は、言葉をいつも生み損なっています。『華厳経』（三枝壽勝訳、御茶の水書房、一九九五年）

も読ませていただいていますが、とても味わい深いです。

高　目のためには、むしろ読まない方が……。

石牟礼　早く目をよくして、続きを読みたいです。仏教の経典に、あれほど深く入っていく方は、日本にはおりません。

高　新作能「不知火」の最後の場面に出てくる菩薩の話は、とても印象深いです。

石牟礼　私の場合は、入口の手前まで来たという程度で、まだ中には入れておりません。

高　心を発（お）こしさえすれば、すでに悟りの世界に入っているのと同じです。

石牟礼　実にお恥ずかしい。民衆というのは祈る人たちですので、私はただ、祈る人たちを信じたいという気持ちです。何教でもいいのですが、そういう祈る人たちを信じています。

高　「祈る」という言葉を使って「民主主義」を定義する人は、これまで他にいませんでした。これからもいないでしょう。

「民主主義」という言葉を単に振りかざすのは、石牟礼さんにはそぐわないのではないですか。

石牟礼　アメリカの民主主義は性に合いません。日本に「民主主義」という言葉は定着していません。日本人が「民主主義」と言うと、「ご都合主義」というように聞こえます。

高　おそらくそうでしょう。日本だけでなく世の中のいたるところで、そうなってしまっている気がします。とくにアメリカでは、私が知る限り、さらに「進歩的」に使われています。

虚無主義と現実主義のあいだ

石牟礼　『祖国の星』の詩を読むと、高銀先生の詩の湧いてくるところは、大変よく似ているなと感じて、うれしくなります。

高　あれはずいぶん古い、八〇年代半ばのものですが。

石牟礼　古いという感じがいたしません。初々しいです。

日本の近代文学は、越えなければならない何かがそこにあったのに、それを越えられず、越えようともしませんでした。そこを高銀先生は越えられていらっしゃる。非常に過酷な状況があったからなのでしょうが、日本の文学者も、そこを感得しなければなりません。とにかく『祖国の星』を読むと、詩の原点のようなものを感じ、非常に初々しい感動を覚えます。

高　自分の文学人生の中で何段階かの変貌があったことは感じています。

真実を追求していくというのは、どの作家にとっても、どの文学者にとっても、普遍の法則であると思いますが、作家というものは、過去の自分に対して常に新しい自分が生まれてこなければならないと思います。以前の作家のままではなく、今のこの作品を書くことによって生まれ変わる。過去に追求していたものとは違ったものを現在は追求する。未来には、それとは違ったものをまた追い求めるのかもしれない。

そういう意味で、作家は、複数の体で生まれる運命をもっています。作家は、自分自身を模倣することは、大いに警戒しなければならない。また作家は、世の中のすべてのものから影響を受けますが、その影響をそのまま受けいれることは警戒しなければならない。その点で、作家は孤児だと言えます。

私の文学は、戦争直後の廃墟の中から出発したもので、その影響で心の中にも廃墟が存在していました。そのせいか、周りからは虚無主義者、ニヒリストと言われてきました。けれども、七〇年代になって現実に向き合い始めて、以前とは違った自分自身がそこに生まれました。投獄されたり、政府の監視員がつきまとい、寝るときも一緒で、お風呂にもついてきて、結婚式の仲人をしている時にもついてきたり、常にそういう現実と向き合わなければなりませんでした。それは自分が選んでいったものではなく、磁力のようなものに引っぱられる自分がそこにいました。

もちろん、その現実というものに無限の魅力も感じました。今の文学作品には、虚無主義と言われる自分と、現実に関わっている自分の両方があると思います。しかし、それがまた、未来にどう変わっていくかは分かりません。

海という人類最後の聖地

石牟礼 書かれたものを拝読すると、沈酔する、沈むように酔うという体験をしばしばなされるようですね。私はお酒のお相手ができないのが大変残念でございます。

高 もし飲まれたら止めたいぐらいです。目のことが心配ですから。

石牟礼 私が五、六歳の時、私の父は、「お前も飲め」と言って、時々焼酎を飲ませました（笑）。

高 きっとそれは「お父さん」ではなくて、「恋人」だったんでしょう。

石牟礼 何という父親か、と思いますけれども、懐かしいですね。いい父親でした。

それで私より先に父の方が酔いつぶれますから、父にもたれかかって、父に子守唄を唄っているような気分でした（笑）。

高　それこそ詩です。握手を……。

石牟礼　ありがとうございます。

高　そのお父様のために乾杯します。こうやってグラスを当てて祝杯をあげることも、男女の口づけも、この世の最高の形態です。魂の一体のはじまりです。セックスの話とはまた別です。

石牟礼　「魂の一体」というのは、私もよく思います。一番理想的な世界ですね。

高　「魂のセックス」と言ってもいいです。

石牟礼　水俣病の患者さんと話していると、そういう瞬間がしばしばございます。私は、その一体感で書いてきたような気がします。それをどう表現しようかと考える時に、「魂の一体」ということをよく思います。

先ほど、「精霊」ということをおっしゃいましたが、これは、人と人の間だけでなく、草木とも、風とも、一体感を感じる時があって、そういう時に詩が生まれます。高銀先生もそうだろうと思います。

高　土の下のずっと向こうの闇。とても暗い、そういうものも同じだと思います。

石牟礼　はい、そう思います。

高　水平線の向こうの世界の知らない何か、そういうものも友であります。海というのは、この人類最後の神聖な場所です。聖地です。

石牟礼　海は、すべての生命の生まれるところで、そして帰って往くところです。

和やかだった父の最期

石牟礼　私の父は、お酒をまったく水で薄めないで飲んでおりました。死ぬ日にも飲んでおりました。老人性結核ですから、「飲まない方が身体のためにいいと思う」と私が申しますと、ひざを正して座りなおして、「お前は俺の娘じゃろうが。そうなら、なぜ『こんな世の中に生きててさぞつらかろう。せめて焼酎なりと飲みなさい』と言わないか」と。「親不孝娘が。なぜ『焼酎なりと飲め』と言わないか」と私に説教しました。死ぬ日に（笑）。それで私も「悪うございました。どうぞ飲んでください」と。

父は猫がとても好きでしたが、猫の子がちょうど枕元から一メートルぐらい離れたところにいたんですが、その猫の子も父をとても慕っていて、父が私を怒った後に、その子猫が何か雰囲気を和らげようと思ったのか、「ミャオー、ミャオー」ととても愛らしい声で啼きながらヨチヨチ這ってくるんです。すると父は、私にたいする態度とがらりと変わって、寝床の中から畳の上に手を伸ばして、「おおー、ミイ、来え来え」というんです。子猫は「ミャオー、ミャオー」といって、父の方へ這ってくる。その光景が何とも言えずよかった。和やかな、とても良い最期でした。

ちょうどその父の死んだ日に、『苦海浄土』の解説を書いて下さるために、渡辺京二さんが私の家にいらしたんです。その場面を渡辺さんはご覧になっていませんが、その前の日に渡辺さんが初めて私の家にいらした。「父が死にました」というのが、私の第一声でした。

霊的な動物

石牟礼　父は大の猫好きでしたが、私も猫好きです。

高　猫は死ぬ時にきれいに死にます。人に知られないところで死ぬんです。

石牟礼　そうです。私どもは、「猫は死ぬ時は猫岳という山に登る」と言います。人間の知らない山です。

高　知らないところできれいに死ぬ。そこが他の動物と違う。

石牟礼　自分の死にざまを見せないと言いますね。

高　はい。汚いものを見せない。虎も猫科ですが、韓国では、虎も霊的な動物だとみなされています。猫科としての虎のプライドが、小さな猫にもある。だから人間や他の生物に汚いところを見せない。

石牟礼　猫には霊性があると私も思います。

高　そうです。人間に依存して生きるのではなく、独立しているんです。親しみがあっても、君は君、僕は僕です。

石牟礼　そういう猫を私は尊敬しています。

高　猫のあの目には、何かがあるんですよ。猫と目を合わせると、僕は負けるんです（笑）。猫はすごい。

石牟礼　いまは足腰が弱ってまいりまして、猫を踏みつぶしてしまうので、猫も危ないし、私も危ないからですが、猫と一緒にいることができません。それがいちばん残念です。

もの心ついた時からずっと猫といっしょでした。いつも猫がいました。
いちばん最後にきた猫は神様みたいでした。ある時、玄関にトットットットッと出ていって、またハッと思いついたようにトットットットッと戻って来て、十回ばかり行ったり来たりしたのですが、何かなあと思っていましたら、結局、そのまま出て行って、帰ってきませんでした。お別れを告げていたんですね。三カ月ばかり必死で捜しましたが、帰ってきませんでした。猫岳に行ったんだと思います。

高　そこがいいですね。

石牟礼さんが描いているのは、そういう世界なんですね。動物たちの霊も、ふつうに生活の中に入り込んでいる。

高　インドの象も、非常に霊的な動物です。人の心を知っていて、象も死ぬ時は、人が探せないところへ行く。ヒマラヤの、あの深い山の中に行って、そこで死ぬんです。
ただ、今は現代文明によって、動物の霊性も変えられてしまいました。文明によって、宇宙や自然の何かを察知するような霊気が失われています。

石牟礼　この前のスマトラ沖大地震の大津波でも、象たちが危険を察知して逃げたそうですね。人を乗せていた象がいち早く高台に移ったので、乗っていた人が助かった、と。*

＊編集部注——二〇〇四年一二月二六日に発生したスマトラ島沖地震に伴う大津波が押し寄せた際、タイ南部のリゾート地カオラックで、観光用のゾウが、津波が来る直前に高台に向かって走り出し、背中に乗っていた観光客十数人が結果的に難を逃れた。

高　動物も、あるいは虫も、そうした異変を人間よりも先に察知します。人間だけが現実を知らない。文明というものは、本来、人間の霊性を補うものとしてあったはずなのに、文明によって、かえって人間の霊性は退化してしまいました。昔は、今のような文明がなくとも、霊性によって、そうした異変を人間もキャッチできたのに、今は文明だけが存在しています。

野性の喪失

石牟礼　近代的な教育を受けた人ほど霊性を失いました。

高　そうです。

石牟礼　私の田舎でも、学校なんかには行かないような、おじいさんやおばあさんの方がよほど知恵深い。

高　学校が人間を駄目にしています。

石牟礼　学校は、霊性を馬鹿にしますから。

高　学校で何かを学ぶことによって、誠のものを失っていくんです。知識とは危ないものです。そうやって野性が失われていく。

石牟礼　それを取り返さなければなりません。

高　それを取り返すのが、私にとっての文学です。

石牟礼　高銀先生とこういうお話ができて、私は大変うれしゅうございます。百万の援軍を得たような思いです。

高　しかし韓国では、「あの人は変なことを喋っている」とよく言われます（笑）。

石牟礼　私も同じです（笑）。日本では孤立しています。

高　今の若者たちも、そんなことを悟る時がきっと来るでしょう。

石牟礼　そうなるといいですね。

高　私の祖父は、田んぼの道を酔って帰る時に死にました。父と叔父が、その祖父を運びました。それを見て、私の父は酒を飲まなくなりました。しかし、歳をとって五十五歳になってから飲み始めました。後は同じことの繰り返しです（笑）。

ですから私の酒飲みは隔世遺伝です。隔世遺伝だから滅びることはない（笑）。ところが韓国の今の文学者は、あまり酒を飲まなくなりました。ビジネスマンです。

■高銀さんのそういう発言が韓国で波紋を呼んだそうですね。

石牟礼　高銀さんがそうおっしゃったから、それで皆で一斉に飲むようになったわけではないんですね（笑）。

高　昔は、赤ん坊がいても、その子を背負いながら、友だちがいる酒場に行って飲んでいたものです（笑）。しかし、今はそんな光景は見かけません。

石牟礼　それはいい風景ですね。赤ん坊と一緒にお酒を飲む韓国のアボジの姿というのは……。

私は元気がなくなると、木のところへ行きます。木の声を聞きに、木の精気をもらいに行くんです。そうすると元気になります。

とにかく山のある方に入っていく。すると、何の木か、名前も知らない木もあります。一本の大きな木でなくとも、たくさん生えているところに行けば、木が招き入れ、木が取り囲んでくれ、木に抱かれます。草がそよいでいるところ、木がいっぱいあるところへ行くと、じわーっと抱かれて、ふうーっと元気になります。

高　神様と言っているのも、森の中に存在するエネルギーを神様と言っているのではないでしょうか。北欧では森の中に神様がいました。

石牟礼　ハイネの『精霊物語』の世界ですね。

高　キリスト教以前の世界です。そういう失われてきた世界を探しだそうとする動きがあります。それは、上古時代の神様を探して、近代の私たちが考えるのとは違った普遍性を探求しているのではないでしょうか。

転機となった、ある労働者の死

石牟礼　高銀先生は、お坊さんになられて、その後、僧籍を離脱されましたね。それはどういうお気持ちでなさったんでしょうか。

高　まず仏教に入門したのは、自分の選択ではありませんでした。

戦争ですべてが燃えてしまったり、左翼・右翼が殺し合ったり、この世の中で生きる理由をとても見いだせないといった状態でした。自分の家にいても、自分が生きる場所、理由を見つけることができず、何度か家を出たんですが、その度に、父に連れ戻されました。

三回目に家を出た時に、すべてが燃えてしまっていて、どこもひどい状況にあったのですが、たまたま道端でお坊さんに会いました。その方も戦争でお寺が燃えてしまって行くところがない、ということで、ただ黙ってそのお坊さんの後ろについていったのが、最初の、偶然の出会いでした。当時は、どこに行っても見えるものは、死体、死ばかりで、私も死ぬことだけで頭がいっぱいで、一度、自殺を図ったこともありました。

石牟礼　いつ頃のことですか。

高　一九五一年です。それで、山にこもって座禅をしながら治癒したと思っていたのですが、十年間、そういう生活を送って戻った時に、やはりまだ治癒していないことに気づきました。

死神が離れていったというか、いなくなったのは、一九七〇年です。その年にある人が自殺をしたんです。

石牟礼　焼身自殺をした人ですね。

高　労働者の全泰壱（チョンテイル）です。彼は、ガソリンを身体中にまいて、「労働者も人間である」と叫びながら死んでいきました。この人の死を見て、この人の死と、自分の自殺願望と何が違うのかと考えていくことで、いろんな社会の現実、民族の過酷な現実が大きく横たわっていることに気づきました。

それから私は変わりました。個人から社会に向けて変わっていきました。この人の死がものすごく大きな転換となりました。それ以降、今のような道を歩むことになりました。ですから、常に遅れています（笑）。

石牟礼　遅れていると言えば、私もいつも遅れています（笑）。

高　東アジアにフランス実存主義が入ってきたのは五〇年代の初めでしたが、私が出会ったのは、六〇年代末になってからです。ですから、常に遅れています。その一つの例が、今になって石牟礼先生にお会いしていることです（笑）。

石牟礼　いや、遅れることにかけては、私は人後に落ちないというか……、なんでも遅れます。考えるのが遅いんです。

いまだに一つのことをずっと考え続けています。十六歳の時に考えはじめたことが、まだ終わらない。まだどこにも辿りつけない。

高　遅いということは、次に着くまでには早い。そう思います。

石牟礼　私は途中で立ち往生すると、また元へ帰るんです。帰ってまた考えはじめるんです。それで遅くなるんです。先へ進まないで、元へ帰ってまた考えはじめる。だから、ゆっくりとしか考えられない。

「人間とは何か」というのが、まだ分からないでいます。少し分かった気はするけれども、まだ分かりません。日本人だけではなく、「人間とは何か」ということが。

高　はぁっー。（大きなため息）

石牟礼　でも、高銀先生の旅の途中でお目にかかれて、今日はとてもうれしいです。愚鈍と言ったらいいのか、私は本当に遅くてなかなか辿りつけないのですが、待ったかいがありました。ありがとうございました。

II 何のための文学か？——第二日目

人間の始まりと終わり

昨日は、石牟礼さんから、「人間とは何か」という十六歳の時にいだかれた疑問が、今日に至ってもまだ自分の中で解かれないというお話がありました。

石牟礼　「人間とは何か」という問いは、大変漠然としているようですが、こういう場合、こういう場合……と、私の中には具体的なものが、ひとつひとつ明確にあるんです。『天湖』という小説は、ダムの底に沈んだ村のことを書いたものです。この小説を書き上げた後、ダムの底に沈んだ村を離れた人たちが集まっているところに行き合わせたことがあります。「村のことをどんなふうに思い出されますか」とお尋ねいたしましたら、村人が、「いまは村はダムの底に沈んでいる。あの村で起きた一家心中事件を思い出します」と、その村がなくなる前に死んでしまった一軒の家の話をされました。

私の友人も、どういうわけか分からないけれども、農薬を飲んで死にました。昨日までとても元気で、死ぬ家の人たちとはとても思えないほど元気にあいさつをして、笑いさざめいてお別れしたのに、一家五人全員が亡くなってしまいました。ちょうどその頃、日本では農薬自殺が流行っていました。田植えの最中でしたが、村の人たちがびっくりして駆けつけたんですが、皆、死んでしまったんです。

それでひとりひとり墓を掘って埋めました。しかし、後から「しまった」と思いました。「一家五人別々の墓だと寂しいんじゃないか、ひとつの穴に掘って差し上げればよかった」と。「それだけ大変なことがあったんだろうに、それなら死んだ後でも一緒におりたかっただろうに」と悔やまれました。しかし、お父さんとお母さんと子供と、割と近くに穴を掘りましたから、「死んだ後にはその穴を魂が行き来して、行ったり来たりできるだろう」と言い合いました。火葬ではなく土葬で、せめて穴を近くにして掘ったので、隣同士で行ったり来たりできればいいな、と。

人間の始まりと終わり、濃密な生と死がそこにあるわけですね。こんなふうに始まって終わる人たちがいるということが、強烈に私の中に残っております。

村の人はそのことを忘れないんです。ひとつの穴に埋めてやることができなかったのが大変心残りだ、ということを忘れない。そういうものがダムの底にもあるわけです。死んだ人もそこにいるし、村を出た人の思いもそこへ帰っていく。

人間とは、そういうものではないか。水俣病でも、生と死が、そういう切実な形でやってくる。戦争はもっとそうです。

「ひと様のお墓」

高　昨日、何も知らないまま、ここにお邪魔いたしました。
「友人を追って、江南（カンナン）に行く」という韓国のことわざがあります。「友人を追ってどこにでも行く」という意味です。「江南（カンナン）」とは中国の揚子江一帯を指すのですが、ツバメが韓国に来る時にも、東南アジアの方に去って行く時にも、そこを通って行くことから、こんなことわざがあります。今、私は、藤原さんという友人を追って、熊本という「江南（カンナン）」に来ているわけです。

誰かから「一緒に行こう」と言われれば、私は何も問わずについて行きます。九七年には、テレビ局から「ヒマラヤに行きましょう」というお誘いがあったので、何の用意もないままついて行きました。「詩人高銀ヒマラヤに行く」というタイトルだけに魅力を感じて、ついて行ったんです（笑）。それで四十日間かけて、六五〇〇メートルまで登りました。帰ってきた時には体重が十キロも減っていました。帰って妻と顔を合わせたのですが、妻は私だと分かりませんでした。そういった愚かなことをよくしています。

しかし、今日はそうではありません。私はどの地に着いても、すぐに必ずお酒を飲んで、敬意を表します。昨日は、熊本の芋焼酎を同じようにいただきました。そうした大地と人間の神性というものを常に信じています。
石牟礼先生がどこかで書かれていた一言が忘れられません。寂しそうなお墓をお父様と一緒に見て、そのお墓のことを「ひと様のお墓」というように表現なさっていました。自分と全く関わりのない、棄てられた土地に埋められている亡くなった人のことをそう表現されているのは、敬虔な心と言いましょうか、とても感銘を受けました。

石牟礼　私の両親は、罪を犯した人が流されてくる島の生まれなんです。水俣の向こう側にございますが、天草と言います。流されてきた人たちは、元の故郷に帰ることができませんので、そこで死ぬわけです。そんな人たちを島の人たちは、気の毒に思っていました。
そういう人たちが過去にどんなことをして罪人となったのか、島の人たちは一切お尋ねしません。名前もお尋ねしない。ただ気の毒な人たちだ、と黙って受けいれる。かしずいて大事にするのではないけれども、それとなく大事に思う。亡くなると、名前は分からないので「ひと様の墓」と言って、とても大事にする。墓石もない、土饅頭があるだけの墓です。

そこの前を通る時は慎んで通るようにと、私の両親は言っておりました。なぜなら「ひと様の墓だからだ」と。それで子供心に「ひと様」と言われる人は、よほど何かの事情がある方に違いないと思っておりました。

そうやって亡くなって初めて、村の人とつながりができるんです。昨日、高銀先生が「魂」とか「精霊」とおっしゃいましたが、精霊が満ちあふれている島です。土の中にも精霊たちがたくさんいます。そういう感じで私はいまも生きています。

海を行き来する詩

高　そんな話を聞きますと、無限に、心から尊ぶ気持ちになります。
そういうことは、現代人の誰に対しても知らせていきたいことです。とくに日本語では、どんな物事でも、例えば今のお話のように「ひと様」の「様」とか、あるいは「ご飯」のように「ご」をつけて、物に対しても、態度と言葉で、尊敬の気持ちを表そうとしているのが、すばらしいと思います。

韓国の済州島（チェジュド）に、天草と同じような城山浦（センサンポ）というところがあります。海女さんから聞いた話ですが、そこも、罪を犯した人たちが韓半島の本土から流されてくる場所です。

その済州島には、こんな話があります。ある時、寂しい気持ちを伝えたくて、海の向こうの未知の世界に向かって漢字で詩を書きました。それを竹筒に入れて密封し、海に投げると、流された筒が海流を漂って、九州の西海岸の、もしかしたら不知火海だったかもしれませんが、どこかに漂着して、漁師がそれを発見します。それを殿様に持っていって読んでもらうんですが、殿様が読んで見ると、恋人や友人を恋しがって書いた詩でした。これに返事をするために、返詩を書いて竹筒に入れて密封して、殿様みずからが、夜、それを海に向かって投げると、その投げた筒が、また長い年月を経て、また済州島の城山浦（センサンポ）にたどりつきまして、初めにそれを投げた人がまたそれを拾って、読んでみると、昔、自分が書いた詩の返事であったということがありました。

この出来事というのは、海の詩の世界で終わったのではなく、こうして今日、ここで二人がめぐり会う形で続いているのです。

土地の精霊

高　熊本の水俣というところは、世界的にも知られている場所ですが、この水俣の「俣」という漢字は、中国、韓国にはもともと存在しない字でしたが、最近は、書かれることがあったりします。これは日本で作られた漢字で、日本では地名でさえも、中国の漢字をそのままもってきて名づけるのではなく、日本の土地の固有性をきちんと考えて名づけているところに敬意を覚えます。韓国の漢字にもそのような文字があります。世界のどこにも属しないところ、水俣がそこから生まれてきます。

昨日も、飛行機から、きれいな山や平野、川、大きな海を見ましたが、植民地時代、私の故郷にも、日本人がたくさん来て、いろんな農業を経営していました。

アメリカのカリフォルニアでは、お米の栽培が、十九世紀に日本人によって始められました。日本人が広大な平野で農業を始めたんですが、とくに「コダ」というブランドのお米は、今でもとても有名です。[*] 後藤新平が満鉄を経営している時にも、アメリカのコダさんを満洲に呼びよせて、顧問になってもらっています。この話をしてくれたのは、コダさんの孫娘のキャロル・コダさんですが、その夫が、自然環境運動と文学のゲーリー・スナイダーという人です。

＊編集部注——現存するコダ・ファームは、福島県いわき市出身のコダ・ケイサブロウによって一九二〇年代に開拓された。

石牟礼 あらー、そうなんですか。ゲーリー・スナイダーさんは、私が書いたものを読んでくださいました。

高　彼は、私にとって兄弟のような存在です。

石牟礼　高銀さんとそんなご関係だったんですか。

高　あの人は三歳年上の兄貴で、地球の彼方にいる兄弟詩人です（笑）。

石牟礼　私の作品を十年もかかって英訳した人がいて、それをスナイダーさんが読んで、この本にふさわしい出版社を探しましょう、とおっしゃってくださいました。

高銀さんは、アメリカに行かれる時には、よく山の中のスナイダーさんの家で何日か一緒に過ごされるそうですね。スナイダーさんも、韓国に来られる時は、高銀先生のところに泊まられると。

高　次回は、スナイダーさんと二人でここに来ましょう（笑）。

石牟礼　でも、スナイダーさんはご病気がちではないですか。

高　昨年〔二〇〇四年〕、スナイダーさんのお母様が九十八歳で亡くなられましたが、スナイダーさんご本人はお元気です。本当はどこかが癌らしいのですが、歳とともに癌も歳をとって、弱まってきているので、あまり危険な状態ではありません。癌と友だちになって、いまはもう大丈夫です。お酒もよく飲みます。私のために書いてくださった詩もあります。

熊本は、平野や美しい山があるだけではなく、大きな海をもっているところです。石牟礼先生のことを「海の娘」と思っています。新作能「不知火」の中に龍神の娘が出てきますが、それと同じように「海の娘」だと思います。

石牟礼　ありがとうございます。私も、自分でもそう思っています(笑)。もの心のついた頃は町に住んでおりましたが、それから家が没落して、海辺に移ったんですが、そこで海に抱かれたというか、渚が、私を抱いて育てたように思います。

高　「不知火」という名前だけでも、とても神秘です。この地球上に誰にも分からない火が存在している。この地球上にこんなところがある、というような印象を受けます。

原初そのものとしての海

高　海というのは、共通のテーマですね。個人的に好きな詩人にフランスのポール・ヴァレリーがいます。この人も海のことをたくさん詠っておりまして、お墓も海を眺められるところに作ってあります。ヴァレリーも同じ血族のような気がします。

黒潮というのは、巨大な海の森です。そういう黒潮の中には、数多くの、数え切れないほどのいろんな生命体が存在していて、その生命体を乗せて黒潮は流れていきますが、その生命たちのお祭りのようなものを感じる時があります。そういうものを通して人間の情熱を感じたり、海の流れを感じることがよくあります。

すべてこの世の中のものは、陰と陽がある時にこそ、新しい生命体が生まれてきます。天と地があってこそ、新しい生命が創造されます。

石牟礼　一言残らず共感いたします。地球上どこでもそうですが、この熊本も、日本列島も近代化されてしまいました。けれども、海だけは、いまだ原初そのものです。水俣の場合は有機水銀に侵されておりますけれども、毎日毎日、満ちたり引いたりしている潮の動き、海の動きというのは、現代に残されたたったひとつの原初、いまも呼吸している原初そのものです。

その中にはすべての生命のはじまる時があって、毎日、生命がはじまっているし、毎日、生命がそこへ帰っていくし、それから常に、私たちに新しい生命の力をもたらすという意味で、まだ原初は、この地球上で、ここで呼吸しているのではないか、と私は常に思っておりまして、そのことを書きたい。いま、高銀先生がおっしゃったことは、一言も余さずすべて共感できます。

高　昨日、食事中にもお話ししましたが、海は命のはじまりであり、また終わりでもあるというのは、一言も異議を挟む必要のないお話です。私たちの真実も、まさにその中にあります。

私の傲慢さでも、謙虚さでもなく、先生といいましょうか、師匠といいましょうか、何かを教えてもらえる存在を、私はいまだ持っていません。しかし、唯一、そういう存在があるとすれば、夕方の落照(らくしょう)で、海の落照から私は生まれてきて、その落照が私を育ててくれたと思っています。その落照も海が作ってくれたものです。

その海の中には、戦争の時に沈んでしまった軍艦もあるし、ゴミもたくさんあって、いろんなものが沈んでいます。日本海にもロシアの核実験で使われたものが沈んでいると聞いたことがありますが、これらをどうするのかというところに、私たちは力を注いでいかなければなりません。

ミナマタは終わっていない

高　今朝、ホテルで、たまたま新聞を読んでいると、ある水俣病患者のインタビュー記事が載っていました。最近の最高裁判所の話でしたが、読みながら、石牟礼先生が一九六九年に『苦海浄土』を出して、世の中に知らせたり、闘ってきたことは、もう何十年も前のことなのに、まだまったく過去のことではない、現在に続いている、ということが実感できました。時間としては現在のことであり、また空間としても、熊本だけのことではなく、日本全体、世界全体のことだ、ということを感じます。

石牟礼　来年〔二〇〇六年〕で水俣病が公式に確認されてから五十年になります。

すでに三分の一ぐらいの方たちは亡くなったのではないでしょうか。むごい死に方でした。戦争ではありませんが、これは虐殺です。逆に重症の方でまだ生き残って、苦しんでいる方もおられますし、それから症状の軽い方はまだたくさん隠れています。患者さんは、まだぞろぞろ出てくる可能性があります。

患者さんたちは、大変孤独な闘いをなさってきました。私たちも微力ながら加勢をして参りましたが、皆、本当に疲れ果てているんです。しかし、生き残りの患者さんたちの中に、「企業がつくりだした罪だけれども、企業がその罪を意識しないのならば、その罪をすべて私たちが担いましょう」とおっしゃっる方々がいます。体に実際に苦痛があるわけですから、それは単なる観念的な言葉ではありません。私も入っていますが、「本願の会」というグループで、月に二回、集まりをしています。

これは、「文明の発展」ではなく「文明の罪」です。これまで人間が長年かけてつくりあげてきた文明は、結局、金儲けのための文明でしかないようです。いま日本では、金儲けが最高の倫理になっておりますが、それをふり捨てて、もっと人間らしい、人間の魂の絆を大切にする倫理を立て直さなければ、いまの文明の勢いを止めることはできません。

そのなかで海はたったひとつ残った原初です。しかし、その海もただならぬ汚染に曝されて、核廃棄物の残骸まで日本海にあるようなありさまですから、この文明の行く末というものを、人類がよほど考えなくてはなりません。

現代人が喪失した言葉と感覚

石牟礼　とくに詩人や文学者に責任があると思います。この物質至上主義の世の中で、おめおめと自分の名声を保つために文学をやるのではなく、もっと人間のために、ひとりの人間の気持ちに立ち返らなければなりません。

私は渚で育ちましたから、水俣に帰りますと、よく渚に行きます。そうすると、生命は海から来た、ということをありありと実感します。渚には潮を吸って生きている植物が生えています。根を潮の中に入れて、潮を吸って生きている木や草がいっぱいあって、そして潮が引いて、干潟が出てくると、無数の生命たちが呼吸をして、にぎわっている。そういう渚の気配がいたします。そこへ立つと、生命はもっと復活しなければいけないと、いつも思います。都市化した人間たちは、それを感得できなくなっている。現代人は退化しています。

ですから高銀先生のような方が現れて、土のこととか、稲の苗のことを詠われるのをうれしく思います。

秋夕〔旧暦八月一五日の祝祭日〕という言葉が出てきますが、「統一が、秋夕のようにくるのなら、どんなにいいだろう」という詩〔「金剛山講」『祖国の星』所収〕の一節がございます。統一が収穫のようになされるといいな、というのは、とてもいいお言葉ですね。

高　ごちゃごちゃといろんなことがあっての統一ではなく、自然のなりゆきで、収穫のように。

石牟礼　はい。とても感動いたしました。こういう言葉というか感覚を日本の知識人は忘れています。

高　歴史と自然は、対立するものではなく、一致して、一緒に流れていくものです。ひとつのものが花になり、実になるように。

石牟礼　実になってみんなでお祝いして……。ぜひそうなりたいですね。

ところが、文明によってずたずたに分断されて、そういう収穫のよろこびを日本人は完全に忘れています。そして文学者すらそういうことにあまり関心をもたない。文学者たちも自分たちの表現の中で、そういう収穫のよろこびを書こうとしない。農民や漁民が、自然と一体となったところで、自然の実りをいただいているということを知らない。ただ消費するだけで、おいしいものを食べ歩くことを自慢して書いていたりする。

闘いと祈り――時間の故郷と空間の故郷

高　この『天湖』という作品は、帰ってから手に入れて読んでみます。韓国でも翻訳されればいいなと思います。レクイエムですね。魂を鎮めて、あの世に静かにいかせて、それで終わりというのではなく、回生……。

石牟礼　輪廻……。

高　仏教には「往相・還相」という言葉もありますね。往って還ってくる、生まれ変わりという意味です。

石牟礼　ダムになってしまった村のおばあさんたちが、山の上から元の村を呼びだすんです。水の底に沈んでいる村を呼びもどすための歌を詠うというか、お祈りをするところで、この小説は終わっています。

高　この作品の中には、祈りがあり、闘いがあるのですね。

石牟礼　『苦海浄土』では闘いを書きましたが、『天湖』では、おばあさんたちが、ふつうの人には分からない祈る力をもっていて、水の底に沈んでいる村を呼びだすんです。

高　祈りの中に闘いが入っていて、またその闘いの中に祈りが入っている……。

私たちの中には、時間の故郷というものがあります。それは、記憶の中だけに存在しています。現代だけではなく古代でも、唐の時代の杜甫も、故郷のことを詠っています。哲学的にも用語がありまして、「現代人は故郷喪失者である」という言葉があります。懐かしく思う丘がアパートの団地になっていたり、そういうことがいたるところで、いま発生しています。

石牟礼　日本もそうです。故郷がどんどん失われています。

高　そういう時間の中にしか存在しない故郷という存在が、石牟礼先生の場合は、空間の故郷としてもあります。

石牟礼　何とかして、なくなった故郷をこの世に現出させたいと思っています。どの作品もそうですけれども、なくなった故郷を呼びもどしたい。

高　私の場合は、時間の故郷しかもっていないのに対して、石牟礼先生は空間の故郷ももっておられます。

それはとても貴重なもので、他の誰ももっていないもので、そうであれば、東京に暮らすこともできますでしょうし、お望みであれば外国でも暮らせると思うんですが、あえて自分の故郷にとどまっていらっしゃるということに戦慄を覚えます。

石牟礼　いいえ、私は単に甲斐性がないだけで、生活を立てていく能力がないだけです。遠くに行って生活しようと思っても、どうやって生活をしたらいいのか分かりません。やむなくとどまっているだけです。決して高邁な志があってとどまっているわけではありません。

高　渡辺京二さんという方には、一度しかお会いしたことはないんですが、批評家というのは、大都会に、東京などに暮らすのがふつうで、そうでないといろいろ大変なはずですが、あえて熊本にいらっしゃる。そういう方にお会いすると、困ってしまいます。時間的な故郷だけではなく、空間的な故郷をもっていらっしゃる方にお会いしたことによって、新たな悩みが生まれてきたんです（笑）。

魂が飛んでいる人

石牟礼　先ほど、ヒマラヤに行かれたお話をして下さいましたが、高銀先生はいたるところにいらっしゃることができる。私も意識の中では、どこへでも行きますが、体はなかなかついていきません。

私の祖母は、本当に気がふれた人で、それで、どこへでも行くんです。目が見えなかったんですが、杖をついてどこまでも行こうとする。私は、それが危ないから、祖母の袖につかまって、危ないところに行かないように引っぱるということを、小さい時にしていました。

高銀先生と比べるわけではありませんが、どこへでもさっと行ける人のことを、「魂が飛んでいる人」と言うんです。私も、そう言われます。物理的には行かないけれども、「魂が飛んでいる人」で、ただ高銀先生には、「超」がつきますね。「魂が超飛んでいる人」と。

高　「飛眼」と言います。人と会った時、眼がどこかにとどまっているのではなく、どこにでも、鳥の眼のように飛んでいってしまう。

石牟礼　意識は飛んでいるんです、私も。

高　僧侶時代の法名は「一超」でした（笑）。

石牟礼　高銀先生は、「超高銀先生」とお呼びしましょうか（笑）。

高　あるいは「酔」という字をつけてもらった方が酔えますね（笑）。

人間の孤独と華やかさ

石牟礼　また元へ戻って、「人間とは何か」ということを考えますと、人間というのは、孤独であるだけではありません。生命というのは、孤独でありますが、どこかしら華やかでもあります。

人間のことを書きたいと思って、最初に書いた本が『西南役伝説』でした。人間が一人いて、それから二人に増えて、三人に増えて、村ができて、町ができて、国家ができる、その一番最初のところを書きたいと思いました。水俣の私の村も、対岸の天草の人たちが移ってきたのが、そもそもの始まりでした。

最初の一人は、たった一人で私の村に来て、まだどこにも家がない時に、何年か海辺に暮らすんですが、貝をとったり、海草をとったり、薪をとったりして、山と海のあいだで暮らしました。

ただ夜になると怖い。妖怪が出るからです。その妖怪が言うんだそうです。その人の名前は三喜（さんき）さんと言いますが、「三喜噛むぞう、三喜噛むぞう、頭から噛んで食べてしまうぞう」と。そういう時には、妖怪が頭からガジガジ囓（かじ）るというので、それで人が何人か暮らしている下の部落へ下りてきました。「隣があるというのは、いいものですねえ」と、その人は、亡くなるまでずっと言っていたそうです。

水俣の私の村は、そんなに古い村ではありません。まだ百年経つか経たないかくらいですが、そういう村ができた最初の祖形のようなお話をお年寄りから聞きました。村ができるというのは、そういうことだなと納得しました。

つまり新しい人、めずらしい人、何かうれしいもの、感動するものがやってくるのは、陸からではなく、海辺や渚からなんです。すべては船に乗って、向こう側からやってくる。『西南役伝説』を書いた時には、人間の歴史も、素朴な形でそんなふうに始まるんだ、と考えていました。

高　「恍惚」です。いまの気持ちをこの漢字で表します。めずらしいもの、うれしいもの、感動するものは、すべて陸からではなく海から来る、というお話を聞いて感じた、その気持ちを。あらゆる神も遠い海の水平線を越えて来て主神となります。お客さまがご主人となります。

平和の文学――文字なき人びとの声を書きたい

高　石牟礼さんの文学は、「平和の文学」と言うことができます。

イバン・イリイチの言葉に「平和とは生活のあり方である」というのがありますが（鈴木一策訳「平和とは、生活のあり方――平和と開発を切り離す」『環』一九号所収）、文学のはじまりは、戦争文学でした。古代の『ラーマーヤナ』や『マハーバーラタ』も、そうでしたし、ギリシャの『ホメーロス』の叙事詩も、すべて戦争や戦いの英雄を浮き彫りにする物語です。

そういうなかでも、古代中国の『詩経』には、とても平和な人々の生活が描かれていま す。この黄河一帯の『詩経』に対して、揚子江一帯からは『楚辞』が生まれました。北の 『詩経』に対して、これは南の歌です。言うなれば、シャーマニズムの歌です。この『楚辞』 が、石牟礼さんの作品の神霊性とつながっているように思います。しかし、こういうもの 以外、古代文学は、戦争、英雄、勝利だけを物語ってきました。

そうした戦争文学に対して、第一次世界大戦後に反戦文学というものが生まれました。 一九三〇年には、平和を支持する国際文学会議がパリで開催され、こうした会議が、第 二次世界大戦後に定着していきます。資本の暴力に反対したり、開発に反対したり……。 ただ七〇年代、八〇年代には、あまりにもイデオロギーの方向に流れていった時期もあり ました。

石牟礼　それは韓国のことですか。

高　韓国のことであり、私のことです。

現実に参加する、参与する作家というのは、自分の文学を守るということ、現実から離れないということ、この二つの荷物を常に背負うことになります。

けれども、石牟礼先生の作品というのは、現実に近づいていけばいくほど、芸術性、美学性が現れてきます。


石牟礼　ただ私は、イデオロギーを入れまいと思って……。

戦前から続いているかもしれませんが、私の中には、戦後の左翼的なイデオロギーでは書くまいという気持ちがあります。文体にも大変気をつけて、文体から気をつけなければいけないと思ってきました。

芸術的になっているかどうかは分かりませんが、生きている風土から生まれた人間性をずっと書こうとしてきたんです。日本の近代がふり捨てて、顧みなかった庶民の魂をひたすら書きたいという一心でした。文字なき人たちの声を書きたいと思ってきただけなんです。無知な人たちという意味ではありません。日本の知識人たちが方言を棄てて、田舎を卑しめてきた歴史があります。その田舎を復活させたい。田舎というのは、単なる田舎ではなく、豊かな野性と気候風土をまだもっているところです。そこに近代の毒が注入されるということは、人類の未来に関わることだと思ってきただけなんです。

知性と野性

高　「野性」とおっしゃいましたが、「野性」という言葉がなかったら、私も生きることはできなかったと思います。「知性」で生きてきたとしたら、すでにこの世には存在していなかったでしょう。スナイダー氏も、「野性」というのは、人間の無限の可能性だと言っています。

石牟礼　はい。

高　芸術なくしては昇華はありませんが、その芸術も野性がなくてはならない。天と地を往復するような……。

石牟礼　よく分かります。

海辺に立って、向こうに陽が沈むのを見ている時の、夢みるような感じ。向こうから何がやって来るか分からない。陽が沈んでいく、その水平線の向こうから何かやってくるに違いないと思って、夢みているような人たちが、まだ海辺にはたくさんいます。悲しいことが家の中で、あるいは村の中であったとしても、海を見てると不思議に気持ちが和やかになる。そういう人たちが、水俣にもたくさんいます。

そんなふうにして、わが国の八世紀ぐらいに、王仁（わに）が百済から『論語』や『千字文』など、文字を持ってきてくれたわけです。同時に、伎楽という音楽、宮廷にいまも伝わっていますが、百済や新羅から、大変おおらかな音楽と舞がやってきました。

高　先生の文学は、「海の松」と書いて、「海松（かいしょう）」の文学と言いましょうか、嵐や波を経験した文学です。「不知火」という能を見ましたが、海の龍神も、地蔵菩薩も登場してきます。

石牟礼　末世に、この世の最後に、地獄になったこの世の最後を救う菩薩様。そういう救済を願っているだけです（笑）。

高　願っていれば大丈夫です（笑）。

むしろ東洋で自然を虐殺している

高　東洋思想は、古代から、自然と人間を分けて考えてきませんでした。それ自体が思想の条件ですらありました。

老荘思想も、儒教もそうで、自然を大事にする思想です。韓国古来の思想も、「三つの才」と書いて、「天」と「地」と「人」を表し、この三つが一つになることを述べています。

韓国も、日本も、中国も、自然と人間を決して分化させないという点で共通します。

これに対して西洋は、二元論を発展させました。

アブラハムの宗教であるユダヤ教にしても、キリスト教にしても、二元論の宗教です。とくに西洋近代の扉を開いたデカルトの思想では、二元論が明確な主題となっています。東洋では、自然は一体化するものとしてあるのに、西洋では、正反対で、征服するものとして、道具としてあります。果たしてそれでいいのか。この点を、アジアの近代人として反省しなければなりません。

アジアでも、近代化以降、開発が進み、自然が破壊されています。例えば、韓国の山は、内臓が破裂しているような状態です。ゴルフ場や道路などの乱開発で、山が裸状態になっています。韓国と比べれば道路などは少ないですが、北朝鮮も、資源がないため、山がどんどん禿げ山になって、度々洪水が起きています。杜甫の詩に「国破れて山河あり」という詩がありますが、中国も、いまや「山滅びて国だけが残っている」状態です。

それに対して、むしろドイツやイギリスやノルウェイに行ってみますと、美しい森が残されていて、とても大事にされています。尊敬すべきものとして自然が大事にされている。むしろ東洋において、自然を虐殺しているような状況です。ですから、これからアジアで、この自然をどう回復していくのか、「天」と「地」と「人」の分化をどうするのかが問われています。

インドの小説家、アルンダティ・ロイ[*]という女性が、たった一つの作品で世界を泣かすような作品を残しています。彼女は、インドのダム造りや近代化による乱開発に反対し、世界各地の近代化の背後にあるアメリカの近代化にも反対しています。文学を始めたばかりなのに、最初の作品だけで、文学は終わりにする、というような生き方をされています。

＊編集部注——Arundhati Roy 一九六一年生。一九九七年、処女作の半自叙伝的小説『小さきものたちの神』（邦訳、工藤惺文訳、DHC、一九九八年）でブッカー賞を受賞し、三六カ国で翻訳された。二〇〇六年には、評論集『The Algebra of Infinite Justice』がインド最高の文学賞であるサヒチャ賞に選ばれたが、この受賞を拒否した。

西洋も、アジアも、最先端をいくために開発を求めています。しかし、アメリカの場合は、開発の最先端にありながら、自分の国土だけは驚くほど大事にしています。例えば、クリスマスを祝うのに、自分の国土に木がないわけではないのに、カナダやラテンアメリカなど他国から輸入してきた木を飾っている。それに対して、アジアでは、娘が全く無防備な状態で輪姦されているのを親が黙って見ているような自然破壊が続いています。

「私」を正当化するだけの文学

石牟礼 どうしてこんなことになるんでしょうか。

高 キリスト教的西洋では、体についても、もし悪いところがあれば、そこだけを取り除きさえすれば快復する、という考え方が根強くあります。

石牟礼　西洋医学は、患部だけを取りますね。それに対して東洋医学は、身体も心も含めて全体を診るでしょう。今の社会の仕組みそのものが、そういう西洋医学的な発想で出来上がっています。

高　近代というのは、いわば自我の時代ですね。

西洋中世においては、絶対者としての神が存在し、人間は常にその下に置かれている状態でしたが、近代になって、人間がその上に立つことになりました。「我」あるいは「私」というのは、近代になって初めてつくられました。ギリシャ哲学にもそういう発想が全くなかったわけではないのですが、人間としての「我」、「私」というのは、近代から始まっていると思います。

近代文学も、それに基づいて「自我文学」になり、それからだんだんと「私」を正当化するような文学の流れができ、利己主義に走って、他者を排除するような状況になっています。

こういう近代でいいのだろうか、と常に疑問を感じています。脱近代、ポストモダニズムということではなく、むしろこれまでの近代化をきちんと「再近代化」することが大事な課題になっていると思います。

石牟礼 吉増剛造さんとの対談（『「アジア」の渚で』二〇〇五年、藤原書店）の中で、「『わたくし』というのを考えなおさなければならないのではないか」とおっしゃっています。私も本当にそう思うんです。「わたくし」というのが、孤立した「わたくし」になってしまっている。自他ともに孤立している。これでは人間的な連帯とか信頼とか人類愛などあり得ない。現代は砂漠の砂の一粒になっています。

こうした近代的自我は、もともとヨーロッパやアメリカから来たものですが、日本のフェミニズムでも、「自我を確立しなければならない」と女性たち自身が言い始めました。血縁も地縁も切って、都市市民的な生活をしながら、常に人よりも一歩前に出なければいけないという生き方、そういう自我同士の競争社会になりました。そういうことが、結局、

いまの子供たちを追い詰めているのではないでしょうか。

文学も、訳知り顔に人間が背き合う、あるいは人間のつながりを馬鹿にするようなものがのし歩いています。文学というのは、むしろ逆ではないかと私は思うんです。ですから『わたくし』という意味を考えなおさなければ」というご発言に大変共感いたしました。

人間の文明は、ここまで進歩してきました。人間はどうしても何かものを作り出さずにはおれませんので、原爆も、クローン人間も造ってしまう。「再近代化」とおっしゃいましたが、これを再編して、人間本来の、あるいは人間同士だけでなく、草木にも虫にも心が通いあうような文明に変えていかなければならないと思います。砂漠でない、柔らかい土から草木の芽が萌えだす緑に包まれているような、そういう風景がいつもどこに行ってもあるような、海の心がいつも波立って、音や光りで何か私たちの心を和ませるような、そういう社会がつくりだせないでしょうか。

私たちは、現代文明の奴隷になってしまっています。ここから自らをどう解き放つか。

ここで文学も、いくらか役目を担っていると思うんです。

高　おっしゃる通り、現代において、人は砂漠の砂粒のような状態になっています。再近代化とは、開発とか工業化とか産業化ではなく、反省する、省察的な近代化のことです。その場合、遥かな古代に埋葬されてしまったものを発掘してくるようなことまでして、この世の中をよりよいものにしていかなければなりません。

自然を愛さなければならない。われわれも自然から生まれてきている以上、そこに戻っていかなければならない。といっても、その自然に戻るのに、野生動物のように歩いて帰るというのは、もはや不可能です。例えば、網戸を開けたくても、蚊が入ってくるので閉めなければならない。ここ熊本に来るにしても、東京から筏で来るわけにはいかない。どうしても飛行機に頼らなければならない。そういう近代文明の産物をすべて拒否して、何かを考えるというのは、不可能です。

しかし、自然を虐待している、ということは直視しなければならないと思います。自然の不可欠性を、まず悟らなければなりません。例えば、南米のアマゾンの自然もなくなりつつありますが、アメリカがさまざまな資源を掘り起こして、破壊しているわけです。そういう行為自体が、自分自身の呼吸器を切ってなくしているのと同じことなんだ、と気づかなければならない。ですから、あなたがいて私が存在し、私がいてあなたが存在する、という考え方をもっていた方が、少なくとも、自然からの報復を受けずに済むはずです。

近代的な「自然」と、古代に考えられていた「自然」は、もちろん同一視できませんが、これ以上、自然を破壊しないという運動をしなければいけないと思いますし、石牟礼先生の詩や文学も、スナイダー氏の詩も、そういう文学の道を示しているのではないでしょうか。

マウル（村）の美しさ

高　韓国語には、日本語の「村」に当たる「マウル」という言葉があります。「マウル」は、漢字語ではなく固有語です。元来、この「マウル」こそ、人間が生きる現場の聖地でありました。昔、「マウル」には、法律もなく、それで悪い意味での無法天地ではなく、偉大な無法天地でした。

アジアには、古代から近代まで、マウルと同じような共同体がずっと存続してきました。例えば、どこかの家で結婚式があると、村じゅうの人が集まって、一緒に食べ物を用意する。あるいは米づくりも、大人だけでなく子供も参加して、小さな農夫として働く。あるいはお年寄りも仕事をする。秋になれば、今日はこっちの家の田んぼの収穫を村人みんなで手伝い、明日はあっちの家と、それがマウルであり、そういう共同体の美しいところです。

また、小さい子供が悪いことをすれば、どこかのおじいちゃんが叱って、反省させる。もっとひどいことをした場合には、韓国では、藁で作った硬めの敷物に、その子供を乗せて、ぐるぐる巻きにして、巻き寿司状態にして、顔を知られないようにして村の人たちが叩くんです。こうやってきちんと反省をさせるんです。

そういう共同体があって、何があっても、その共同体の中で上手に解決しました。大人でも、けんかをすれば、お年寄りがその人たちを呼んで、お前はここが悪かった、お前はこういうところが駄目だったと話をして、お酒を飲ませたりして、そしてちゃんと和解させる、あるいは以前よりも、さらに仲よくさせる。そういう共同体の形が存在していました。けれども、他方で、人の悪口ばかりを言う人や、ひどいことばかりをする悪い人も、そういう共同体にとっては、必要な存在でありました（笑）。

石牟礼 そうです、そうです。

私の村がまさにそうでした。私も、そういうものをずっと描こうとしてきました。まったく今おっしゃった通りで、どんな人でも役目をもっていました。「もだえ神様」「うたい神様」「にぎわせ神様」など、それぞれに神様の名前をつけていました。少しぐらい悪い人がいても、その人がいなくなれば、村が村でなくなるような、それぞれがなくてはならない存在でした。

高　田植えも、共同体で皆で一緒に植えます。紐を張って、列になって並んで、お年寄りは田んぼのまん中に並んで植えます。それから片方に男性群、もう片方に女性群が並びます。そこには、少年もいるし、未婚の男性もいるし、小さい女の子もいれば、未婚の女性もいたりする。

「おーい」というのが植える合図です。それに合わせて、並んで植えていく。もし、男性群の誰かに、あちら側に興味のある人がいれば、「おーい」と言って、皆が立ち上がる時に、もうひとつ植えるふりをしながら、ちらっとあちら側を見る。すると、その女性の方も、こちらを……。

石牟礼　見ている人がいる、ということですね。

高　そうなんです。そうやって目と目が合って、パッと何かを感じたりする。「目と目が合う」というのは、そういう言葉ですね。一度目は偶然だとしても、二度目も目が合ったら、もうおしまいです（笑）。

それから、どこかで夜、ふたりで会ったりすることが何回か続いて、ある日、おなかがふくらんできて、これに村のお年寄りが気づいて、相手を問いただして、村から出ていくように言う。追放令です。

そう言われて、泣きながら、両親からお金を少しいただいて、そのままふたりでどこかに出ていく。そういう時代に、村から出ていくというのは、死に近いことを意味して、とても大変なことでしょうが、そういうふたりが出ていく姿を眺めていた幼い私は、悲しみというか、それに似たような気持ちが湧いてきて、しばらくそういうふたりについていったことがあります。

石牟礼　小さい時からそういう癖があったんですね（笑）。

高　そのふたりがどこかに行って、七年とか、しばらく年月が経って、子供も三人ぐらい生まれて、夫婦として落ちついた状態になって、子どもや赤ちゃんを連れて、堂々と帰ってくる。元の村に住みたいのであれば、もう過去のことは許されたということで、村もきちんと受けいれる。

これも目と目が合ったことからすべてが始まっています。「愛は目から入る」「酒は口から入る」ですね（笑）。

マウル（村）を破壊した朝鮮戦争

高　話を戻しますと、マウルのそういう美しさは、五〇年代ぐらいまでは存在していたのですが、戦争を機に徐々に損なわれていき、その後の軍事政権の下でほとんど完全になくなってしまいました。

■ 戦争というのは何戦争ですか。

高 朝鮮戦争です。この戦争で、農村も爆撃を受け、また戦争に動員され、世の中が本当に混乱しました。

もともと、マウルのつながりというのは、村全体が親戚であるような関係でした。実際の血縁関係がなくとも、少し年が上だったら「兄貴」、さらに年が離れているなら「叔父」とか「甥」という関係だったのが、戦争になって、イデオロギーによる動員や統合が行なわれて、その結果、従兄弟同士で戦い合ったり、叔父と甥が殺し合ったりする関係になってしまいました。

そうやって、親戚同士としてつき合っていたような関係がことごとく破壊されたんです。マウルの美しさは、戦争のための動員・統合政策によって失われました。この時、マウルは、ある意味で西洋以上にひどく近代化されてしまいました。

「ナ(私)」ばかりを描く文学

高　「フェミニズム」という言葉を先ほど使われましたが、昔、韓国には「男尊女卑」という言葉がありました。そのように女性はずっと下位に置かれていたのが、いまや女性が男性を支配するようになっている(笑)。もちろん、変えなければならない法律や社会的な慣習はまだまだ残っていますが、それでも以前とはずいぶん変わりました。

儒教の故郷である中国でも、来客があると、ご主人の方が台所に立って料理をし、奥さんの方がお客さんと話すのも、ふつうになっています。

私の考えでは、もうすべて女性でいいのではないか。これからは、大統領も女性になってもらいたい。いまの駄目な世界は、世界じゅうの駄目な男たちがつくってきた世界なのですから、これからは女性ががんばって、もう少し良い菩薩政治をしてほしいです。

おそらくアパートというものが、近代化の象徴であると思います。アパート生活とは、核家族の生活です。さらにはその核家族から、いまや個人生活になっています。ドイツやフランスでも、教会できちんとした結婚式を挙げるのは、非常に稀なことです。必要な時だけ会って、セックスをする。あるいはワインを楽しむ友だち会のようなものがあったり、楽しい時だけ会って、人生を楽しめばいい、という思想が広がっています。

韓国語で「私」のことを「ナ（나）」と言います。現代小説の中でも、この「ナ」ばかりが前面に出てきます。「ナ」が考え、「ナ」が行なうことばかりが描かれる。現代の映画も、もはや家庭を描きません。家族が描かれるとすれば、マフィア映画のようなもので、それ以外は、すべて「ナ＝私」だけが強調されています。

水俣病が破壊した絆と「もやいなおし」

石牟礼　水俣の漁師さんの部落、どの家にも水俣病の患者さんがいるような部落でも、やはり共同体の絆が一度切れてしまいました。

といいますのは、魚を獲って売りたいけれども、水銀の毒を含んでいる。ある部落のある漁師さんが獲った魚を市場に出そうとすると、「水俣病の魚が入っているから、売れなくなるから出すな」と言われるんです。そうやって監視し合い、お互いに疑心暗鬼になって、魚も売れなくなる。そこで水俣の漁師さんは、熊本まで百キロぐらい船を走らせて熊本の市場に行ったり、あるいは鹿児島県の市場に行ったりするわけですが、「水俣の魚」であることが分かると、「お前らのせいでおれたちの村の魚が売れなくなった、殺すぞ」などと言われてしまう。

昔は、高銀先生がおっしゃったような美しい共同体だったんです。血縁関係がなくとも気の合う人同士で、「兄貴」とか「弟分」と言い合って、大変仲がよかった。そういう絆も完全に切れてしまって、いまでも嫌がらせが続いています。

例えば、魚網をトラックに引っかけて干すんですが、誰が切ったのか、知らない間に網が切りほどかれたり、海辺の道端に置かれた漁獲高の多い家の自転車が、崖の下に蹴落とされたりする。絆が切れてしまった後の漁村の部落というものは、そういう一面も持っています。

そういうことが起き、最初は腹を立てておりましたが、たくさん被害に遭ってしまった家の人も、最近は、仕返しをしてはいけないと思い始めています。仕返しをすれば、また仕返しをされるだけで、そういう仕返しの連鎖自体を断ち切らなければ、憎しみをなくすことはできないからです。いまは、憎しみの連鎖を絶つための心の修行をするという段階に来ています。

先ほどお話ししました「本願の会」では、これを「もやいなおし」と言っています。

ふつうの時だと、よその港には入っていけないという不文律があります。ひと様の漁場を荒らしてはいけないということなのですが、嵐の前兆を感じたような場合は、どこの港でも入っていいという決まりがあるんです。こういう「もやい」を大事にして、水俣の町全体で人と人との心の「もやいなおし」をしようとしています。憎まない、憎み返さない、ということを、私も患者さんたちに教えられて、それを目標に掲げてやっております。

まだ一握りの患者さんたちの動きにすぎません。またイデオロギーではありません。しかし、これは、新しい倫理をつくりだそうという動きであって、これが始まって三年ぐらい経ちました。

「愛する」という自分との闘い

石牟礼　憎み返さないというのは自分との闘いだ、と患者さんたちはおっしゃっています。決して憎悪がないわけではありません。しかし、それを抑えて、嫌いになっていた自分の村をもう一度愛しなおす。ですから闘いなんです。自分との闘い、そういうことが起きています。

高　この世で一番難しいのは、「愛する」ということではないでしょうか。

石牟礼　憎まないということですね。

高　それは簡単にはできないことです。

『苦海浄土』を書かれる前の一九六二年にご執筆された「愛情論初稿」という作品もあるように、「愛情論」というのは、まさに石牟礼さんの一貫したテーマですね。

石牟礼　そうですね。

高　色に例えれば、憎しみは、はっきりした濃い色でしょうけれども、愛の色というのは、出しにくい色です。

石牟礼　「憎しみ返さない」ということを言い始めた一家も、自転車だけでなく、自分自身が崖から突き落とされそうになったり、裁判に踏み切った時には、闇夜に家の周りをぐるぐるまわる何人かの足音が聞こえてきて、夫婦二人で掘り炬燵の中に隠れた、というような経験をしています。そういう時には、身近な親類ほど一番殺意を露わにするそうです。

つまり、攻撃する側も、「この家のお陰で自分たちの魚が売れなくなったんだ」と思っている。漁師さんというのは、ふだんは気風がよくて陽気な人たちですが、いったんそういう関係に入ると、率直ですから、「月夜ばっかりあると思うなよ、闇夜があるんだぞ」という言い方で脅迫するわけです。「闇夜で誰が殺したか分からないように、お前たちは殺されてもいいんだぞ」と。

その家が船おろしをなさった時に、私も呼ばれて行ったことがあります。下の浜辺で船を下ろすお祝いがすんで、「さあ、家へ上がってください、いまからお酒を飲みましょう」と、招かれて行きましたら、家のガラス窓がすべて割れていたのを目撃しました。船をつくったからです。昔なら、みんなでお祝いしてくれるはずの船下ろしの日に、ガラス窓が割られてしまう。

憎悪を操る現代文明

高　古代にも、原始的な憎しみ、憎悪というものはありましたが、現代の憎悪は、これとはまた違った形をしています。道徳とか倫理が強調されて、愛し合わなければならない、ということがまずあって、どんなに悪い人が聞いても反発できないというか、当然のことのように、理屈で通用する言葉として、道徳や倫理があります。

少し外に目を向けますと、現代はアメリカの時代で、アメリカの食べ物、洋服、映像、言語、そういったものに世界が支配されている状態です。

そのなかで一番怖いのは、アメリカの憎悪というものです。例えば、ノーベル賞受賞者をたくさん輩出しているシカゴ大学でも、夕方六時になると、校内であっても歩き回ることは禁止されています。危険だからです。あるいは、単に近所に遊びに行って帰る途中で射殺されるようなことがあります。ニューヨークでも、ロサンジェルスでも、夜中に出歩くのは、死にに行くようなものだ、と言われます。

私も、カリフォルニア大学のバークリー校に一年間滞在して、講義したことがあります。教授会館というところに泊まっていたのですが、少し時間が遅くなってしまったので、部屋に帰るのに、まず大きな紙コップに入ったコーヒーを買いました。私は、ふだんコーヒーは飲みません。それは、飲むためのものではなく、歩いている間に誰かに襲われそうになったら、その熱いコーヒーをぶっかけるために買ったんです。そうやって武器としてコーヒーを持ち歩きながら帰ったことがあります。あるいは少し危ない場所に行くと、銃声が聞こえてくる、というようなこともありました。

アメリカは、いま世界じゅうが羨む国ですが、あちこちで銃声が聞こえてくるような国です。憎悪が日常化していることを、その銃声が象徴しています。ある時に何かのきっかけで憎悪が爆発する、というより、むしろ憎悪が常に心の中に存在していて、常にこれに支配されて麻痺しているのが、今のアメリカです。

アメリカという国家自体が憎悪の機関になってしまっています。イラクに核があるとアメリカは言って、「悪の枢軸」などとレッテルを貼り、それにアジアの韓国も、日本も、そのままつき従っていますが、そうやって、アメリカという国は、世界を支配するために、憎悪を操り、憎悪をあちこちに輸出しています。

資本を確保するためにも、アメリカは憎悪を操作しています。グローバリゼーションの

「ひとつになる」という言葉は、暴力です。私たちは、いろんな人がいて、いろんな違うもの同士の集まりであるはずなのに、ひとつになるというのは、まったく暴力です。例えば、ローマ帝国だけが存在していたら、どうなっていたのか。そしてアメリカ帝国だけが存在するならば、どうなるのか。そうではなく、世界というのは、いろんな国、民族、人がいて、初めて成り立つものです。

戦争は、人間だけなく、動物までも変えてしまいます。黒い牛の目が、殺人者のようにまっ赤に充血するのを見たことがあります。

戦時だけでなく、この現代社会の日常も、愛に溢れるようなものではなく、利己主義が充満し、隣同士であっても断絶しているような社会です。隣の人間が、仮想敵になっていますます。私の生は、あの人の死であり、私の富は、あの人からの掠奪である、というような関係です。

そんなことだから、アパートの外側のライトを夜中じゅうつけっぱなしにしなくてはならない。そうやって時間を破壊されてしまったがために、蝉たちも、夜中じゅう、朝までずっと鳴かなければならない。その蝉の声は、昔、聞いたロマンチックな音ではなく、呪いの音のように聞こえます。二重窓を閉めても、その蝉の声で眠れない。そうやって不眠症になってしまう人がいるほど、この世界は憎悪に支配されています。

その時に、言語だけで耐えていけるのか、と絶望することがあります。しかし、同じ言語で、人を感動させることもできるのであって、それができれば、文学のまた新しい生命を確認することにもなるでしょう。

石牟礼　私も非常に絶望が深いです。何のために書いているんだろう、何のために生きているんだろう、と若い時から思っていましたが、絶望はむしろさらに深くなっていきます。

戦後日本の対米追従

石牟礼 アメリカについて、いまおっしゃったようなお話を、戦後ずっと占領状態にあった日本、アメリカの属国であり続けてきた日本は、自覚できなくなっています。アメリカの言いなりです。単に言いなりになっているどころか、むしろ自ら率先して、アメリカのご機嫌をとろうとしています。

私が尊敬しております白川静先生という方がいらっしゃいます。漢字の研究をずっとなさってきたのですが、アジアの国々は同じ漢字を使っているのだから、漢字圏の文化としてもっと自立しなければならないのに、戦後の文教政策が、漢字の使い方においてまで、アメリカの指示に従ったことを問題にされています。つまり、戦前は軍国教育に、戦後はアメリカの占領政策に従ったのが日本の教育だ、と。そういう白川先生のお話を、今日はしきりに思い出しました。先生のお考えと白川先生のお考えは似ていると思います。

奇蹟のような出会い

石牟礼　文化的に、あるいは心の持ち方すらも、韓国からいただいてばかりいたのに、お返しするどころか恩を仇で返すようなことを日本はしてきましたから、大変心が痛みます。それでも友情を感じると言えば、不遜でしょうが、同志というのも思い上がったことでしょうが、それでも、そういう感じをもっております。

高　「いただいてばかりで」という表現でしたが、文化というものは、常に流れていったり、あげたり、もらったり、混ざったりするものです。ですから、そういうことで申しわけないとは、どうか思わないでください。

文化が行き来するのは、一番自然な現象です。私たち韓国の方は、もらったものがないとおっしゃったけれども、とんでもございません。明治以降に、新しい言葉が日本から韓国にたくさん入ってきました。いまの韓国の辞書に載っている言葉は、日本から入ってきたものがかなりの割合を占めています。そうやって日本から入ってきた言葉がきっかけとなって、そのまま受け入れられたり、見直されたりして、韓国の近代語は豊かになりました。

私が一番嫌うのは、「日本には、これをあげた」ということばかり言う人です。「日本の国宝第一号とされている磁器も、韓国では庶民がふつうの生活の中で使っていたものにすぎない」とか「奈良の仏教文化を見て、これも朝鮮から来た」とか、こういう人を見るのが一番嫌いです。

石牟礼　高銀先生の半生をうかがうと、よくまあ生きていてくださったと思います。お目にかかれたのが奇蹟のようです。

『華厳経』は、まだ読み途中ですが、日本にはない文学です。一種の哲学小説でしょうが、清冽な川の音が聞こえてくるような文体です。先生が善財童子にご自分を託して生きてこられたのを感じます。

日本の仏教に「輪廻」という言葉がありますが、ひと様の分も含めて輪廻をずっとくり返して、輪廻というその重い袋を背負って、しかし、夾竹桃の枝にその袋をかけてパッと軽くなるというのを、そういう長い旅をしてこられた先生ご自身の姿として読ませていただいております。

人類が、ここ千年、二千年背負ってきた悪い方の知恵も、その輪廻の袋の中に入れて、新しい道を探さなければなりません。私も、そういう道を私の文学としなければ、と気持ちを新たにしながら、よくまあお目にかかれてよかったなと思います。とにかく生きていてくださったのが、奇蹟です。ありがとうございます。

III

海の彼方へのあこがれ

——第三日目

海からやってくる懐かしい人

■今日は最終日です。これだけはもう少ししたいというお話をお願いします。

高　一昨日、昨日、今日と、これで三日間過ごしたことになりますが、私は一日を一年として考えておりますので、これで石牟礼先生とは、もう三年もおつきあいしていることになります。三年も一緒に過ごしたとなると、先生の運命のなかに侵入しているということになりますでしょうか（笑）。

石牟礼　海辺に立って海の果てを見ていると、どなたか懐かしい人がやってくるものとずっと思っておりました。その方が実際にやってきて下さって、お目にかかることができました。詳しくは知らなくとも分かり合える方、昔からお待ちしていた運命の方が、潮の香りと一緒に来て下さったという気がしております。

高　脳に伝わってくる、というよりも、一言で、心、胸に入ってくる言葉なので、通訳はいりません（笑）。

石牟礼　懐かしいです。

高　通訳の尹（ユン）さんも、藤原さんも、もういなくなった方がいいですね。二人だけになりたいです（笑）。

私の故郷にも海があります。十里ほど行けば海がありました。幼い当時、外からの知らせというのは、ほとんど手紙という形でやってきて、それが楽しみでしたが、それも年に一度、来るか来ないかでした。あるいは、近くの村で誰かが亡くなった時にも知らせが来るんですが、その場合は、人が歩き回って、しかし垣根に知らせを挟むだけで、家の中には入ってきません。

外の世界について唯一知ることができたのは、旅人が来た時です。旅人がわが家に二、三日、泊まったりすることがありました。そういう時に、外の世界のことをいろいろ聞か

せてもらいました。

歌の島（ノレソン）

高　十里ほど離れている海辺に行くと、小さな無人島がひとつありました。「ノレソン」という名の島です。「ノレ」は「歌」で、「ソン」が「島」で、「歌の島」という意味です。松の木などがあって、風で波が立ったりした時に、歌のような音が流れてくるので、そんな名前がつきました。海の神様たちが人間に歌をうたってくれているのだ、と。

いま考えると、おそらく何らかの事故で海で亡くなった漁師たちの魂が、いろんなことを聞かせたくて歌っていたのではないか、と思えてきます。それで、そういう亡くなった漁師たちに、もっと歌ってくれと言われて、私も詩人になったような気がします。

幼い頃はよく海に行きました。海辺に立って、とくに夕方、水平線を眺めていると、未知の世界を夢見て、そこから誰かがやって来るのではないか、という期待で一杯でした。石牟礼先生のお話を聞いて、海を懐かしがったり、誰かがやって来るのではないかと期待する、この二つの気持ちには、どこか結びつきがあるような気がしてなりません。

石牟礼　私は「海が好き」という言葉は出さないのですが、お月様の出る夜、とくに夏の夜、家を抜け出して、夜中にひとりで海辺に行くんです。いまは足元が危ないので行けませんが。

それで岩に腰かけて歌うんです。私が抜け出して、海辺で歌っていることを家の者は知りません。その歌っている気持ちというのは、まだこない未来を呼ぶと言いますか、海の向こうにある、まだ見えないもの、まだ聞こえないもの、それに向かって呼びかけるような気持ちです。もう声も嗄れるまで歌ってから帰って寝るんですが、そういう夜中にさまよう癖があります。その頃から詩人の素質が芽生えていたんだろうと思いますが、とにかく一種の恍惚感をもって海辺で歌っていました。

いま先生がおっしゃった「歌の島」というのは素敵ですね。私も、海辺の風や木々や波が重奏的に伴奏してくれている気持ちになって、うっとりして歌っておりました。

それで、釣りなどをしに、夜、海辺に行く人たちの間で、どうも夜中になると歌う「物の怪」がいるという話がありました。物の怪というのは、妖怪というか、精霊に似ているけれども、もっと何か怪しげな存在ですが、とにかくそういう物の怪がいるようだ、という話がありました。その話を聞いた時に、「それは私です」とは言わなかったのですが、ひょっとして、私のことを、その物の怪と思ったのかもしれません。

祖母が気が狂った人だったものですから、私自身も、幼いなりに「なにしろ私のお祖母さんは気ちがいさんだし、私も化け物と思われても不思議ではないな」と納得していた、と言いますか、軽くそう思っていました。とにかくふつうの人ではない、気がふれている、と。

宇宙と対話をする狂人＝詩人

高 単に気が狂っている、ということではなく、系譜でつながっているのではないでしょうか。地神（ミューズ）＝女神とどこかでつながっている。

石牟礼 「ああ、私の前にいまも気の狂った祖母がいて、その祖母にいまも導かれている」と、水俣病のことも、そう感じながらやってきた気がします。

高 古代の詩人は、誰か教師がいて教わったり、学校があって学んだりしたわけではありません。また、詩人は、生まれた環境からつくられるものでもありません。生まれる前から詩人になる運命になっているんです。

ギリシャのホメーロスに対立する、ヘシオドスという人がいます。この人は、無学で無知な羊飼いでした。しかし、ある日、突然、地神（ミューズ）＝女神にあたる九人の女たち、ゼウスの娘たちが現われて、「これからお前は詩を歌え、真実を歌え」と命じられたことで、ある日、突然、詩人になった、という話があります。

宇宙の中の神霊によって、お祖母様の精神は遊んでいた、というか、それによって常に動いていたんだと思います。その神秘というか、その神霊が孫娘にも伝わって、それが花咲いているのです。

韓国の固有語なので直訳は難しいのですが、天気が急に変わる、さっきまで晴れていたのに急に暗くなっておかしい、というような、そんな天気のことを「ナルグジ」と言います。それで、「ナルグジ女」という言葉もあるんです。天気が悪くなったりすると変なことを言い出す、要するに気の狂った女のことですが、急に不気味な笑いをしたり、変な動きをするので、その姿を見て、周りの人は、明日、雨が降るだろうと知ることができます。おしっこをもらして雨が降ることを予言するようなこともあります。

それを、ふつうの人は、単に気が狂っているとしか見ません。しかし、実は、こういう人は、すでに宇宙と対話をしているんです。お祖母様もきっと同じような方だったのではないでしょうか。

石牟礼　宇宙と対話をしている。いまにして思えば、そう思います。

「東京にも日本という国はなかった」

石牟礼　水俣の患者さんにも、「八狐(やこ)がついている」と言われる人がいます。私の祖母もそうですが、患者さんたちは、この世から外れて落ちていく人たちでした。そういう中に、とくに狐が八つも憑いている、八狐と言われている人がひとりいて、集団の中に入らず、出たり入ったり、うろうろしていました。結局、その人は、違うグループに入って、東京に行ってしまったんです。

その人が私のところに来て言うには、「道子さん、東京まで行ってきたけれども、東京にも日本という国はなかった」と。「日本という国を探しに行った」というのは、つまり、「水俣病は絶対治らないから、自分たちは救済されない、誰も救済できない境涯になってしまったから、国が助けてくれる」と、おそらく思っていたんでしょうね。しかし、「助けてくれる日本という国は、東京まで行ってみたけれどもなかったばい」と熊本弁で言うんです。

その人のことを、同じ水俣病の患者さんが、「困ったおなごじゃ」と言って笑うんです。それで、「道子さん、あの人は八狐の憑いている、なにしろ狐が八匹も憑いている人だから、あの人の言うことをまともに聞かんほうがよかですよ」と言われたことがあります。

そのように、この世から落ちていく失墜感を感じている人のなかに、さらにちょっと異様な人が何人かいます。そういう人がいる家は、「八狐憑きの家」として、人間の世界からも、神様の世界からも、何か印を付けられる。この家は代々異様な家だと、村の中には何か印を付けられる家があるんです。

詩人というのは、そういう存在も含めて、人間を普遍的に考えていかなければなりません。平和に仲よく助け合って暮らさなければなりませんが、どうしても人間世界から地獄というか世の中の外へ、世外（せがい）へはみ出てしまう人たちがいます。

その意味では、わが家も何か印を付けられた家でした。お祖母さんの存在というのは、村のやっかい者、村に迷惑をかけている存在だと私は自覚していました。そして、夜中に抜けだして、歌いに行ったりもするものですから、私も、そういう物の怪のひとりだと思ってきたんです。


高 やはり共同体というのは、美しいとか、よい面ばかりではありません。嫉妬、葛藤、呪いも生みだすものです。

韓国では、そういう呪いがかかっている家を「凶家」と言います。そういう家があるからこそ、わが家はそうではない、と自負心をもったりします。うちが幸せなら、向こうは不幸で、向こうが幸せならこちらは不幸だ、というような考えすら、共同体は生み出します。

原始共同体では、人々は精霊たちと一緒に生活をしていました。日本にも、何十万もの神様がいて、現代生活の中にも、そういう神様や精霊がまだ息づいていると聞いています。
そうやって伝統を現在化して継承していくのは、とてもいいことです。

「イオド」という幻の島

高　韓国でも、とくに済州島（チェジュド）には、とても多くの神様が存在していて、ちょうど石牟礼先生の「不知火」のような龍の世界、山や海の神様の世界です。しかし、そういう世界が、いまは資本の力によって危機に陥っています。

若い頃、済州島で三年ほど暮らしたことがありました。そこに行ったのは、実は住むためではなく、海に身を投げようと思って行ったのですが、最後に飲んだお酒が多すぎて酔いつぶれてしまいました。自殺に失敗した後も、しばらくそこにとどまって、私設中学校をつくって、そこで国語と美術を教えました。最初の卒業生を送りだすまで済州島にいたのですが、放課後、子供たちが帰った後に海辺に行って、日が暮れるまで波の音を聞きながら過ごしました。そうやって「歌の島（ノレソン）」の歌、海の神々の歌を聴いていたんです。

済州島から少し離れたところに、「イオド」という小さい島があります。想像上の島です。その名には二つの意味が含まれています。まず「あの世」としてのイオドです。例えば、海に仕事で出かけた人が亡くなった時に、「あの人はイオドに行ってしまった」と言います。どちらかと言えば、ネガティブな意味です。もうひとつは、とても悩み苦しんで、どうしようもないという人が、「今度、生まれてくる時には、イオドに行って生まれ変わりたい」という意味の「極楽」です。「あの世」と「極楽」という二つの意味をもつ想像の島が存在していました。済州島は、そのように神々がたくさんいたり、不思議な島があったりして、おもしろいところです。

済州島の伝説のひとつに、三つの穴から、高（コ）、梁（リャン）、夫（プ）という姓をもつ三人の男が出てきて、彼らが済州島の祖先になったという話があります。ただ三人の男だけの生活は寂しいものです。その三人それぞれがばらばらに生活していたところに、ある日、ピョンナング——かつて済州島では、日本のことをこう呼んでいました——の方から筏か何かに乗った美しい女性が三人流れつきました。それで仲良くなって、済州島のそれぞれの場所に落ちついて暮らしたという話があります。

よく考えてみると、済州島も火山でできた島です。ですからその話も、火山が爆発して、みんな死んでしまって、たまたま三人だけが灰の中から生き返ったという意味だとも考えられます。その穴も実際に残っているそうです。

済州島は、韓半島の一番南に位置していますが、かつての北方の言葉、満洲地方の言葉もいくつか残っています。ということは、当時は、いまと違ってみんな自由に……。

石牟礼　海を行き来していた、ということですね。

高　そうです。北方の言葉が残っているのも、北方の人が済州島に流れてついて、定着して生活したからですね。北方との関わりだけではなく、済州島の自然環境や風俗は、沖縄や中国とも似ています。豚肉の味付けなどはそっくりです。また済州島には、ベトナムから漂着してきた人もいましたし、沖縄はもちろんのこと、オランダから漂着した人もいました。

「中庭」としての海と、「寄りもの」からできた島

高　いまは海ではなく陸地中心の世界ですが、韓国語の固有語に「マダン」という言葉があります。家の真ん中にある「中庭」のことで、そこから家の至るところにつながる場所です。海というのは、このマダン、中庭のようなものです。つまり自由に行き来できる広場なんです。

ところが今日のような近代国家の世界では、パスポートがなければ、どこにも行けません。「国家」という言葉自体が閉鎖的です。それに対して古代の世界は、とても開放的で、

どこでも自由に行き来ができました。私の言う「海」と石牟礼先生がおっしゃる「海」は、ひとつのものです。

石牟礼　いまのお話をうかがって思いましたのは、大雨が降った後などに、「寄りもの」が来ているかもしれないと、大人も子どもも、よく渚に探しに行ったことです。

実際いろんなものが寄ってきていて、ある時などは、元は何のためにつくられたのか分からないような、きれいな丸い形の錆びた鉄を拾いました。丸くて穴があって、花瓶かもしれないし、何かの容器かもしれない。とにかく錆で真っ赤になっているんですが、ものすごくきれいなものを拾ったことがあります。飾っておきましたら、十年ぐらいで錆のためにグジャッと崩れてしまいましたが。他にも、片手のないお人形さんとか、片方だけの下駄や枕とか、大水が出て、どこかの家が浸水したからなのか、とにかくいろいろと不思議なものが流れてきました。牛が流れてきたこともあるそうです。

そういう海からの寄りものが宝なんです。たとえ中途半端なものであっても、大変粗末なものであっても、水浸しになっていても、しかし、それは、どこからか流れてついたものです。その印ですから、どこから流れてきたんだろう、誰がもっていたんだろうと、いろいろ想像できます。そこに何か自分が見たことのないものがあり、体験したことのない暮らしがある。そうやって無限に想像できます。

「名も知れぬ遠き島より流れよる……」という「椰子の実」という歌がありますが、海というのは、そういう宝を拾い、無限に想像できるところです。

いまお話をうかがって、済州島というのは、そういう「寄りもの」の島だと思いました。沖縄からも、ベトナムからも、あるいはオランダからも寄りものが流れてきて、長い時間をかけて歴史的に蓄積している寄りものが集まってできた島ですね。

高　海は、人間に一番大きな空間を与えてくれます。韓国語で、海のことを「パダ」と言いますが、「海(パダ)」に対する言葉を言うとすれば、「天」です。海は、空の色をしていて、天の恋人が海である。そしてその海は、この宇宙を受けいれる。

仏教に、「海印（かいいん）」*という言葉があります。海というのは、どこにでもあるものではありません。シベリアに行っても、大きな海の水平線を見つけることはできません。いくらアメリカが大きくても、巨大な海の水平線をアメリカで探すことはできません。物理的にだけでなく、人間の心の中にも、無限の想像をかき立てるものとしても、海は存在します。「小さな人間としてではなく、海のように無限に大きな心を抱いて生きなさい」と、常に教えてくれるのが海です。

*編集部注——仏が華厳経を説いたときに入ったという三昧を「海印三昧」という。一切の事物が映し出される、静かに動じない仏の心を意味する。

「セノヤ」という掛け声

高　一九六〇年代のことですが、陸軍大学学校から講演依頼を受けて、南の海辺、鎮海（チネ）

というところを訪れたことがあります。

後に大統領になる全斗煥（チョンドゥファン）や盧泰愚（ノテウ）もこの学校の出身です。生徒と言っても、二、三歳ぐらいしか歳は離れていなくて、みんなそこそこの位の高級将校を相手に話をしました。それでその講演の後、学校の総長が、艦艇を出してくださって、いろいろ発想が浮かんできたらいいですね、とお酒とお肴も用意してくれて、南海一帯を遊覧しました。

その時、鰯漁船から歌声というか、「セノヤ」という掛け声が聞こえてきたんです。この「セノヤ」という言葉が非常に強く印象に残って、ソウルに戻って音楽家の仲間と飲んでいる時に、「セノヤ」を使った詩を即興でつくりましたら、その音楽家が曲をつけてくれました。いまでもよく歌われている、とても有名な歌になりました。おそらく韓国の人はみんな知っていると思います。

その後、一九九〇年代初めに福岡を訪れる機会があり、九州の海でも「セノヤ」に似た掛け声を使うということを福岡の大学教授が教えてくれて驚きました。もしかすると、中国の沿岸部にも、似たような掛け声があるかもしれません。

海というものは、そうやって私たちみんなを友だちのように、家族のようにしてくれる存在です。韓国、日本、沖縄、中国を含めた、海を囲むこのあたり一帯には、何か共通言語のようなものがあったように思います。

大きな光の矢が海に直入する——壮大なエロスの時刻

石牟礼　いまのお話をうかがって連想するんですが、晴れた日に、海に向かって日が暮れます時に、日の光が、一度、雲の中を通って、大きな光の矢が海に直入する時間があるんです。とても荘厳な景色です。
海辺を通って水俣へ帰る時によく見るんですが、海と天が結合する、つまりお日様の矢が海にまっすぐ突き刺さり、海がいま受胎しつつある、と思うんです。まさにエロスの極

致で、あまりに荘厳で、すばらしい光景です。

「海は生命の母である」ということを、私は単なる観念としてではなく、実際にそういう光景を前にして感じるんです。それは魂が震えるような時間です。海が空を映すということもございますが、もっと直接に、壮大なエロスの時刻だと思うんです。光を受胎して確実にそこに生命たちが生まれる。海は原初のままだ、というのも、そういう意味です。

文化とか伝統と言いますが、私たち人間は何を引き継いできたのか。それは、小さな村々の田植えの景色であったりするのですが、私たちは、まず悲しみを受け継いできたんだと思います。言葉にする以前の悲しみです。

それから喜びも受け継いできた。喜びというのは、肉親であったり、あるいは海の向こうからやってくるまろうどであったり、人に会う喜びです。いろんな種類の愛がありますが、例えば小さな村のお祭りの時の喜び。歌ったり踊ったりして、そういう喜びも受け継いできました。

男と女が分かれて並ぶということは、私の村ではいたしませんでしたが、子供も一人前に大人たちと並んで苗を植える、ということを体験してきました。もちろん下手ですけれども、「深く入れるなよ、浅く、倒れないように苗を植えるように」と教えられて、うまくできると大人たちが褒めてくれて、自分も一人前になれたような、村の一員になれたような喜びを感じました。

そういう収穫する喜び、労働する喜びを、私どもは、まだかろうじて体験してきましたが、最近はそういうことがだんだんなくなりました。今なら、子供を労働力にするのは過酷だと言われてしまいます。むしろ子供も一人前の働き手として育てて、そういう喜びを感じた方がよいと思うのですが、子供に仕事をさせなくなってしまいました。

星がごはんとしてあった

高　普通、子供は、母親から最も影響を受けるものですが、私が一番影響を受けたのは、祖父と父でした。祖父と父は、夜、月が見え始めると、どんな仕事をしていても、すべて止めて、踊りはじめました（笑）。鶴のような恰好の踊りです。父も、神が降りているような人で、どんなに小さなことでも、そこに大きな意味を見出すような人でした。そういう父の影響がとても大きかったと思います。

昔はどんなに収穫があっても、すべて取られてしまうことが多く、食べ物がなかったので、小麦の皮を粉にしたり、あるいは母が暗いうちから、人より早く起きて、もずくのようなものを採りに行っていました。

そうやって、いつもおなかをすかせていたのですが、「おなかがすいた、おなかがすいた」

と泣きわめいていると、叔母がおんぶをしてくれて、それでも、あまりにもおなかがすいて、泣き疲れて、ぼうっと空を見たら、ふと星が見えました。その星が星に見えたのではなく、実のような何かの食べ物に見えたんです。

それで叔母に、「あれを取ってきて」と言ったら、叔母に「いや、あれは食べ物じゃないのよ」と言われたのを覚えています。もちろん、叔母もおなかがすいている状態です。それで、夜、母が帰ってきてようやく食べ物を食べるというような生活でしたが、その時に経験した星が、星との初めての出会いです。

星と言えば、文学的に連想されるのは、夢とか、恋人とか、愛といった、とても美しい情緒的なもの、精神的なもの、永遠のものです。しかし、私にとっては、星がごはんとしてあったんです。そういうことが頭にずっと残っていて、詩人になってからも、どこか詩人としての劣等感がありました。七〇年代になるまで、このことは誰にも言えずに胸にしまっていました。

七〇年代になって、ようやく星というのも、食べ物のように切実なものでなければならない、つまり夢も、現実のように切実なものでなければならない、ということに気がつきました。それを悟った時に、星をごはんとして見たというのが、詩人としての新しい出発になりました。

石牟礼 人類の歴史は、神話から始まります。私どもが、その神話を食いつぶして、その遺産を食いつぶしてきたからこそ、これほど貧しい文明になってしまったと思うんです。今日ほど精神的な飢えに陥っている時代はありません。私たちは、これから何を糧に生きていくのか。そういう精神的な糧、新しい神話をつくりださなければ、これからの人類は生きていくことができませんが、高銀先生のような方がいらっしゃると、希望をもちます。

高 今度の旅で、殻がひとつ抜けて、脱皮して、新しい虫になった気がします。

石牟礼 こちらこそありがとうございました。とてもうれしい出会いをさせていただきました。私は最近、雑草になることができたと本当に実感しているんですが、今日また新しい草の芽になって、もう三十センチぐらいになって、風にそよいでいる感じです。

■とても深い、まさに詩人同士のお話でした。三日間、ありがとうございました。

通訳＝尹賢貞（ユン・ヒョンジョン）

（二〇〇五年五月二九～三一日　於・熊本市内の石牟礼道子の仕事場）

夢の中の女性

高銀

本当に逆説かもしれません。なぜかというと、石牟礼さんは深い傷とも言える汚染された地域で、その存在が示され始めました。彼女は、以前の清浄な海の女神の娘ではなく、その清浄な海が汚くなって、生を営む人間さえ死に向かっていく、そんな状況で私たちにいろいろなことを訴え始めました。清浄な霊魂がどうして、その霊魂を殺す場所で生まれたのか。それが逆説です。

お会いしたとき、彼女はそのようなものに全く汚されておらず、本当に奇跡に近い、時を超えたシャーマンとして私の前に座っていました。その点は、今も私が解けない謎です。彼女が言う昔の場所、到底浄土とは言えないその場所で、清浄な姿を持って私たちの前に現れた、その時点で現実の人ではなくて、夢の中の姿で私の胸の中におさまりました。私にとっては、彼女は夢の中の女性です。私が言い当てていない未来を、彼女が皆言い当てていました。それが、私の彼女に対する記憶です。

二〇一四年七月

渡辺直紀・訳

深いところで世界を共有

石牟礼道子

高銀さんが対談のために、わたくしの仕事場をお訪ねくださったのは九年前のことになってしまった。わたくしはすでにパーキンソン病を病んでいたが、それでもいまと較べるとずっと元気で、お話も楽にできたようだ。

高銀さんは韓国でも女性が社会的に進出しているが、いっそ大統領も女に任せたほうがよいかもと、冗談めかしておっしゃった。また、植民地時代の日本人女教師をいまでも慕っておられる風だった。そういうやさしくて大らかな人格が感じられるおかたと、何時間かともに過したのはしあわせだったたと思う。

田植えの話など、わたくし自身の体験とそっくりで、深いところで世界を共有している思いがした。詩の使命についてのお考えも共感できたし、ありがたく希なおかたとお逢いできたものだと、感謝の念を新たにしている。

二〇一四年一一月

著者紹介

高 銀（コ・ウン　Ko Un）

1933年韓国全羅北道に生れる。韓国を代表する詩人。道で拾ったハンセン病患者の詩集を読み，詩人を志す。朝鮮戦争時，報復虐殺を目撃，精神的混乱に。その後出家，僧侶として活躍するが，還俗し，投獄・拷問を受けながら民主化運動に従事。2000年6月の南北会談に金大統領に同行，詩を朗読。世界の各国語に翻訳された作品は多数あり，この十年，毎年のようにノーベル文学賞候補に名を連ねている。著書に詩集・小説・評論集等150余冊。邦訳として，『祖国の星』（金学鉉訳，新幹社）『華厳経』（三枝壽勝訳，御茶の水書房）『「アジア」の渚で』（吉増剛造との共著，藤原書店）『高銀詩選集　いま，君に詩が来たのか』（青柳優子，金應教，佐川亜紀訳，藤原書店）などがある。

石牟礼道子（いしむれ・みちこ）

1927年，熊本県天草郡に生れる。詩人であり作家。1969年に公刊された『苦海浄土――わが水俣病』は，文明の病としての水俣病を描いた作品として注目され，第一回大宅壮一ノンフィクション賞に選ばれるが辞退。1973年マグサイサイ賞，1986年西日本文化賞，1993年『十六夜橋』で紫式部文学賞，2001年度朝日賞，『はにかみの国――石牟礼道子全詩集』で2002年度芸術選奨文部科学大臣賞を受賞する。2002年から，新作能「不知火」が東京，熊本，水俣で上演され，話題を呼ぶ。石牟礼道子の世界を描いた映像作品「海霊の宮」（2006年），最後のメッセージ「花の億土へ」（2013年）が製作。『石牟礼道子全集　不知火』（全17巻・別巻1）が2014年5月完結。『苦海浄土』三部作は、池澤夏樹＝個人編集『世界文学全集』（河出書房新社）に日本人作家として唯一収録されている。

詩魂

2015年1月30日　初版第1刷発行©

著　者　高　銀
　　　　石牟礼道子

発行者　藤原良雄

発行所　株式会社　藤原書店

〒162-0041　東京都新宿区早稲田鶴巻町523
電　話　03（5272）0301
FAX　03（5272）0450
振　替　00160-4-17013
info@fujiwara-shoten.co.jp

印刷・製本　中央精版印刷

Printed in Japan
ISBN978-4-86578-011-6

高群逸枝と石牟礼道子をつなぐもの

最後の人 詩人 高群逸枝

石牟礼道子

世界に先駆け「女性史」の金字塔を打ち立てた高群逸枝と、人類の到達した近代に警鐘を鳴らした世界文学『苦海浄土』を作った石牟礼道子をつなぐものとは。『高群逸枝雑誌』連載の表題作と未発表の「森の家日記」、最新インタビュー、関連年譜を収録！

口絵八頁

四六上製　四八〇頁　**三六〇〇円**
（二〇一二年一〇月刊）
◇978-4-89434-877-6

『苦海浄土』三部作の核心

新版 神々の村 『苦海浄土』第二部

石牟礼道子

第一部『苦海浄土』、第三部『天の魚』に続き、四十年の歳月を経て完成。「『第二部』はいっそう深い世界へ降りてゆく。（…）作者自身の言葉を借りれば『時の流れの表に出て、しかとは自分を主張したことがないゆえに、探し出されたこともない精神の秘境』である」

（解説＝渡辺京二氏）

四六並製　四〇八頁　**一八〇〇円**
（二〇〇六年一〇月／二〇一四年二月刊）
◇978-4-89434-958-2

石牟礼道子はいかにして石牟礼道子になったか？

葭（よし）の渚 石牟礼道子自伝

石牟礼道子

無限の生命を生む美しい不知火海と心優しい人々に育まれた幼年期から、農村の崩壊と近代化を目の当たりにする中で、高群逸枝と出会い、水俣病を世界史的事件ととらえ『苦海浄土』を執筆するころまでの記憶をたどる。『熊本日日新聞』大好評連載、待望の単行本化。失われゆくものを見つめながら「近代とは何か」を描き出す白眉の自伝！

四六上製　四〇〇頁　**二二〇〇円**
（二〇一四年一月刊）
◇978-4-89434-940-7

絶望の先の〝希望〟

花の億土へ

石牟礼道子

「闇の中に草の小径が見える。その小径の向こうのほうに花が一輪見えている」――東日本大震災を挟む足かけ二年にわたり、石牟礼道子が語り下ろした、解体と創成の時代への渾身のメッセージ。映画『花の億土へ』収録時の全テキストを再構成・編集した決定版。

B6変上製　二四〇頁　**一六〇〇円**
（二〇一四年三月刊）
◇978-4-89434-960-5

渾身の往復書簡

言魂（ことだま）

石牟礼道子＋多田富雄

免疫学の世界的権威として、生命の本質に迫る仕事の最前線にいた最中、脳梗塞に倒れ、右半身麻痺と構音障害・嚥下障害を背負った多田富雄。水俣の地に踏みとどまりつつ執筆を続け、この世の根源にある苦しみの彼方にほのかな明かりを見つめる石牟礼道子。生命、魂、芸術をめぐって、二人が初めて交わした往復書簡。『環』誌大好評連載。

B6変上製　二一六頁　**二二〇〇円**
（二〇〇八年六月刊）
◇978-4-89434-632-1

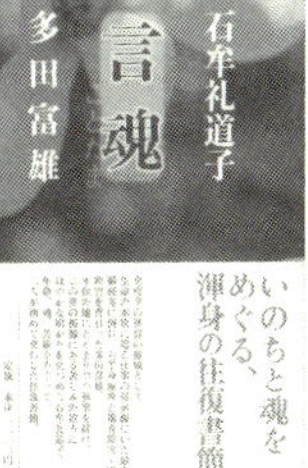

石牟礼道子を一〇五人が浮き彫りにする！

花を奉る（石牟礼道子の時空）

赤坂憲雄／池澤夏樹／伊藤比呂美／梅若六郎／永六輔／加藤登紀子／河合隼雄／河瀬直美／金時鐘／金石範／佐野眞一／志村ふくみ／白川静／瀬戸内寂聴／多田富雄／土本典昭／鶴見和子／鶴見俊輔／町田康／原田正純／藤原新也／松岡正剛／米良美一／吉増剛造／渡辺京二ほか

口絵八頁

四六上製布クロス装貼函入　六二四頁　六五〇〇円
（二〇一三年六月刊）
◇978-4-89434-923-0

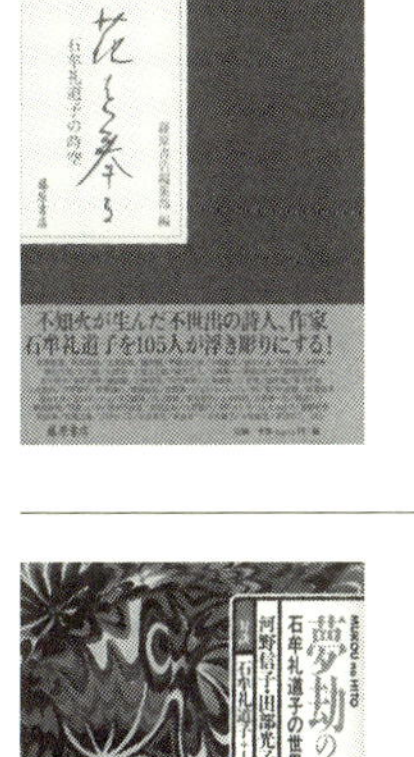

初の本格的石牟礼道子論

夢劫の人（石牟礼道子の世界）

河野信子・田部光子

石牟礼道子をよく識る詩人と画家が、石牟礼の虚像と実像に鋭く迫る初の本格的石牟礼道子論。巻頭に石牟礼道子とイバン・イリイチの対談「〈希望〉を語る」を、巻末に「石牟礼道子著作略年譜」を附した読者待望の書。

挿画二〇点

四六上製　二五六頁　**二三三〇円**
（一九九二年一月刊）
品切◇978-4-938661-42-7

水俣の再生と希望を描く詩集

坂本直充詩集 光り海

坂本直充

推薦＝石牟礼道子

特別寄稿＝柳田邦男　解説＝細谷孝

「水俣病資料館館長坂本直充さんが詩集を出された。胸が痛くなるくらい、穏和なお人柄である。「毒死列島身悶えしつつ野辺の花」という句をお贈りしたい。」（石牟礼道子）

第35回熊日出版文化賞受賞

A5上製　一七六頁　**二八〇〇円**
（二〇一三年四月刊）
◇978-4-89434-911-7

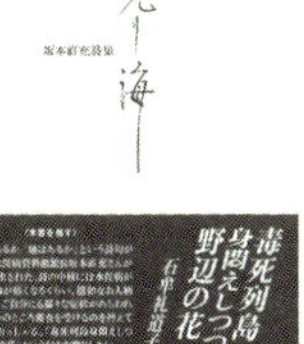
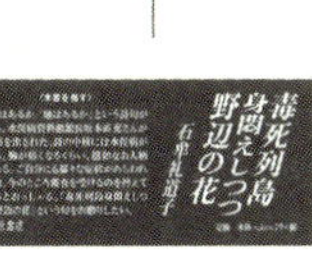